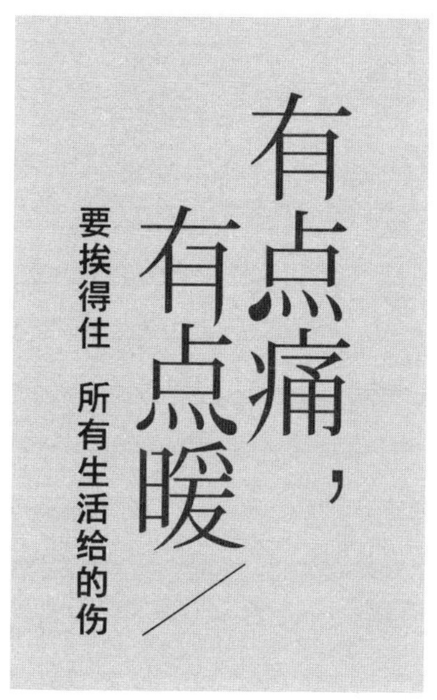

笑以苛 著

煤炭工业出版社
· 北 京 ·

图书在版编目（CIP）数据

有点痛，有点暖／笑以苛著. --北京：煤炭工业出版社，2015（2020.6 重印）

ISBN 978-7-5020-4905-8

Ⅰ.①有… Ⅱ.①笑… Ⅲ.①随笔—作品集—中国—当代 Ⅳ.①I267.1

中国版本图书馆 CIP 数据核字（2015）第 142776 号

有点痛，有点暖

著　　者　笑以苛
责任编辑　刘新建
特约编辑　郑　光　袁旭姣
责任校对　杨　洋
封面设计　嫁衣工舍
特约监制　朱文平

出版发行　煤炭工业出版社（北京市朝阳区芍药居 35 号　100029）
电　　话　010-84657898（总编室）
　　　　　　010-64018321（发行部）　010-84657880（读者服务部）
电子信箱　cciph612@126.com
网　　址　www.cciph.com.cn
印　　刷　保定市海天印务有限公司
经　　销　全国新华书店

开　　本　880mm×1230mm $^1/_{32}$　**印张**　7　**字数**　120 千字
版　　次　2015 年 7 月第 1 版　2020 年 6 月第 2 次印刷
社内编号　7751　　**定价**　36.80 元

序言：陌上花开缓缓归

随着年龄的增长，人会慢下来。更加沉默，更加寡言。嬉笑的皮囊之下会留有自己的一片悲伤天地。

一直不愿意承认自己的年龄，仅仅是因为没有在合适的年龄做合适的事情。

写作？我和大家一样。刚开始会以为是风花雪月，纵诗会歌。像《兰亭集序》里面的才子们：虽无丝竹管弦之盛，一觞一咏，亦足以畅叙幽情。

也许是天真吧。不知道从哪里来的力量，让自己在文字的道路上一走便是7年。今年我28岁了。说来悲凉。好像一无所有。大龄未婚，没事业，没金钱，没子女，朋友也越来越少。

可是，发现自己像天上的繁星，最后留在天空，一个人默默哀悼自己的青春。怨天尤人的话是说不出来了。

看着新出道的00后，不禁感慨“江山代有才人出，各领风骚数百年”。走着走着，我们已经慢慢趋向中年。悲凉、伤心的话说得太多了，人就会慢慢平衡。

也许人各有命吧。我们在茫茫人海中，仅仅是沧海一粟。遇到的人，遇到的事，曾经的抱怨与仇恨，仿佛一阵风吹过。

真的能一笔勾销。

生活中有太多的不如意，像给我们干净的脸庞蒙了一层厚厚的霜。秋天了，有些寒冷。我想多加几件衣服。

寻寻觅觅，冷冷清清，凄凄惨惨戚戚。乍暖还寒时候，最难将息。三杯两盏淡酒，怎敌他、晚来风急！ 雁过也，正伤心，却是旧时相识。满地黄花堆积，憔悴损，如今有谁堪摘？守着窗儿，独自怎生得黑！梧桐更兼细雨，到黄昏、点点滴滴。这次第，怎一个愁字了得！

人们说这是李小姐的千古一愁，于是，我斗胆拿出来晾自己披着霜的心境。

我们想让自己成为纯净的女子，然而社会上多是尔虞我诈、钩心斗角。伪善的眼睛看走了我们的青春。

我们想让自己成为温柔的女子，然而直到有一天我们发现，温柔是需要付出代价的。温柔是需要资本的。于是，我愿悄悄地躲在一隅，看镜花水月，端细水流年。

我们想拥有一位登对的男子，然而走着走着，竟是伤痕累累。也许，人都是要被同情和理解的吧。

《红楼梦》里面的珍贵男女，是不属于这个世界的。它存在于我们的心中。但常常学晴雯的口气：算了，就这样吧。

算了，就这样吧。

可是，跳动的小宇宙欲罢不能。像是萧红临死前说的：我将与蓝天碧水永处，留得那半部“红楼”给别人写了。半生尽遭白眼冷遇……身先死，不甘，不甘！

《有点痛，有点暖》，80后的身上背负着诸多的不如意，我们想逍遥畅游，我们想在自己假定的空气中行走。可是，呵呵。

就这样吧。

也许《简爱》里说得对："人活着就是为了含辛茹苦。"

也罢，也罢。陌上花开，可缓缓归矣。回首望去，繁花早已落尽，当时只道是平常。走遍名山大川，获取各种功名，风尘里留宿的各种伤痛，也只是这俗世人间的调味祭品。

也许比别人更加深味在这个"动荡"的世上有激流，有卵岩，有茂林，有高山，有起伏的道路，也有近在咫尺的万丈深渊。我不怕渡尽劫波的重重困难，我害怕之后的一潭死水，冰冷若僵。于是，我努力寻找有光的地方，一直寻找……

于是，我还在写作。

于是，该走的人，还是走了。留下的人，让我泪流满面，心存感念。

陌上花开，可以缓缓归。感激，仍是感激。

28年了，一起重温我们走过的俗世人间……

目 录

壹

阿修罗的夜宴

【自然/信仰】

001 序言：陌上花开缓缓归
002 初见耶路撒冷
005 哈尔施塔特逗留的日子
009 呼和浩特，有点痛，有点暖
012 维也纳一瞥
015 西安，这座城
018 寺院修禅，教堂捐心
020 有关旗袍，有关风月
022 一个流浪者的告白
025 消失在慕尼黑街头
027 别了，苏梅岛
029 梦想褪色，青春几何
032 王的游戏
035 生命是一首歌
039 如梦之梦，像梦一样悯善
041 一起去城市流浪

贰

渡红尘 · 卡门

【畅聊爱情】

044 从此，天涯是路人
047 不负如来不负卿
050 谢谢你，让我再次相信爱情
053 刚好，你来到；刚好，我遇见
056 横扫我心的，为何都是谜一样的男子
058 假如爱有天意
062 你若不来，我便苍老
065 一旁经过&你我不过是路人
068 我是午夜飘零的女子，任风载舵
071 他们都说，你老了
074 她说，爱恋
077 所谓爱人
079 “备胎”怂恿你孤独终老
083 青春别宴

叁

82秒 · 28年

【漫谈时光】

090 幻觉啊
092 闻君有两意，故来相决绝
094 再过三五年
096 女子二十四五岁
099 所有的，我们的前任
101 千山暮雪，只影为谁去

105 18岁的爱情，28岁的感情
108 私人秘密
110 梦里的男子，来生再续
112 爱之深，痛之切
114 秋风散落，一人一花
117 地铁1号线的性感先生
120 贴身物
122 所谓良善
125 梦想还是要有的
127 不停留，亦不将就

肆

安徒生戏画剧

【亲情/友情】

130 都说
133 因为你们，我的青春不寒冷
136 与表弟夜话“痴情”
139 朋友太深，同学太浅
141 冬墓传说
144 “亲戚”这两个字
146 来吧，我们一起撒野
149 思念，在静默的午后
152 生命太短，且行且珍惜
154 愿小伙伴们各厢安好

156 谢谢你，陪我度过这些寂寞的日子
158 这个让我心疼的男人
160 生活在大城市的女同桌
162 也只是个替身

伍

巴洛克不眠夜

【粗品艺术】

166 天才，是用来保护的
169 黄逸梵：今宵酒醒何处，走进飘泊的孤雁
173 蒋明，周迅，郁可唯
175 我是中毒了，我是沦陷了
178 阮玲玉：我算不算是一个好人
183 大师缺失的年代，谁温暖了你的内心
188 诗歌“高贵”，却足够“廉价”
191 中国的文艺都死了吗
193 萧红：断肠声里忆平生，谁念西风独自凉
198 娱化时代，谁给谁脸上甩了一记狠狠的耳光
201 中国的观众，我想跟你们谈谈
204 还好有，晓松
207 电影是剂阿司匹林片，我却要毒瘾发作
209 纵使相逢应不识，尘满面，鬓如霜
212 结束语：来不及道别的玄机

壹

阿修罗的夜宴【自然/信仰】

我披着红色的纱丽，仍然一个人在这圣教之地游走。

希望明天，骆驼会休息。

希望明天，仙人掌会开花。

初见耶路撒冷

最早听到“耶路撒冷”是在刘力扬的歌声里，因为喜欢这干练的女子，于是喜欢了这首歌。正好又觉得约旦河是一个神秘而神圣的地方。

于是，带着这份敬畏，我又只身一人去了耶路撒冷，以色列的首都。这里良善、温馨、友善、平安。哪怕是短暂的欢愉，我也欢喜。

还记得在西安工作的第一年，曾遇到一个在交大留学的耶路撒冷男孩向我求爱。

那是个冬天吧。下班后的我喜欢去校园散步，感受这难得的静谧。也是学生的缘故，男孩显得羞涩，用着不太流利的中文搭讪我：“我想认识你，我是我们班的班长。”看着眼前这位青涩的男孩，我笑了笑，什么也没说，走了。

而眼前却漂浮出了与我交往一年多的意大利男友Rizo。我一直对《威尼斯商人》印象颇深，于是玩笑称Rizo“法西斯”，他不懂，但很愉悦。年少的我们度过了愉快的一年，那时的他很有礼貌，很绅士，当然也很温暖，去哪里都是笑容。那时候的我喜欢穿旗袍，粉色的，如今想想真是不可思议。

冥冥之中被命运牵引，我来到了耶路撒冷这座古老的城市。

它像一位圣洁的烈女位于近东黎凡特，死海之间凸起的三大宗教的圣地。犹太教、基督教和伊斯兰教，分别根据自己的宗教传说，都奉该城为圣地。

耶路撒冷旧城的面积仅1平方公里，却划分为四个地区。基督区（Christian Quarter）是面积最大的一个区，位于旧城西北部。著名的耶稣殉难教堂就在这里。犹太区（Jewish Quarter）位于旧城南部，有著名的哭墙，是犹太教最神圣的地方。穆斯林区（Muslim Quarter）位于旧城东部，包含著名的圆石清真寺（相传此处是穆罕默德夜行登霄之处）。圆石清真寺与哭墙相邻，建在犹太教圣殿的遗址上，因此这里成为犹太人与穆斯林宗教冲突最为激烈的地区。亚美尼亚区（Armenian Quarter）是最小的一个区，位于旧城西南角。这里的工业相对原始，有金刚石琢磨、家具、制药、化学药剂、制鞋、铅笔、纺织与服装（斗篷）等，但旅游业（包括朝圣）甚盛。

这里像一个参差的院落，真是肃穆、宁静，像有神灵佑护。

偌大的教堂，承载了历史的沧桑。倘若耶稣还活着，这里一定是被再次照亮和复兴的地方。虔诚而渴慕的心也许胜过了一切仪式，但是穿着神圣的服装，做着虔诚的姿势，便是这里最好的强调。

耶路撒冷，那个羞涩的男孩，是出自这片淳厚的土地吗？我们在天上的父，愿人都尊您的名为圣。愿您的国降临，愿您的旨意行在地上，如同行在天上。我们日用的饮食，今日赐给我们。免我们的债，如同我们免了人的债。不叫我们遇见试探，救我们脱离凶恶。因为国度、权柄、荣耀，全是你的，直到永远。阿门！

置身于此，灵魂蓦然澄净，铅华尽洗。下垂的手，再一次举起来；封闭的心，再一次敞开。抛开一切忧虑，放下一切重担。冰冷的心重新被温暖，干渴的灵魂也重新被爱充满。

如果在这里可以不走，如果我还是当初的那个女孩，如果那个羞涩的男孩在这里出现了，如果我们相濡以沫度过一生，如果我一直一直走在这丰厚的土地上，会不会开出别样的花朵呢？

我愿意，可是我披着红色的纱丽，仍然一个人在这圣教之地游走。

希望明天，骆驼会休息。

希望明天，仙人掌会开花。

风沙吹过我浓密的长发，耶利亚女郎在这异国之帮，我想起了黄老邪的魔笛，阿门。

哈尔施塔特逗留的日子

风和日丽的早晨，一个人走在这座号称“世界上最美的小镇”。耳机里放着萨顶顶的《万物生》，只觉得合适。奥地利上奥地利州萨尔茨卡默古特地区的一个村庄，因盐而得名。旁边就是哈尔施塔特湖湖畔，真是幽静啊。

不知道为什么，我想起了许嵩这个男子。没见过他本人，只凭直觉勾勒出他俊秀诗意的模样，好像《西厢记》里走出来的白面小生。和着这美景，想想也觉得心满意足。

这里的气候和昆明很相似，四季如春。哥特风格的住宅，如梦如织，不禁让人想起了童话故事。美丽的白雪公主曾经住在这里吗？

说得也是，海拔3000多米的山峰和清澈见底的湖泊，人住在这里，怎会不觉得是天堂呢？

湖畔的庭院旅馆，推窗见湖，遥望湖上泛起的薄雾，仿佛来到人间仙境。婀娜、神圣，令人着迷。哈尔施塔特湖清澈透底，在高山峡谷之中，像一条宽阔的绿色绸带。一排排临湖而建的木屋，在阳光下甚是壮观，不由得想靠近，像檀香的吸引，有或深或浅的魔力。这些木屋与中国江南民居非常相似，但墙壁、窗户、阳台等都采用木头做材料。每家每户屋形、色彩都各有风格。由于住在湖边，每户人家还在临岸的水中建有木船屋，专门停靠作为交通工具的自家小木船或游艇。想想这样的居住真是“只应天上有，人间能得几回闻”。

这里像是开了一个艺术大Party。每户人家的木门全打开着，里面展示并出售他们自制的各种手工艺品：麻线编的装饰品、民族娃娃、各种陶制品……当然，最多也是最吸引人的要数木雕艺术品了，有可爱的动物卡通造型，有现代感十足的生活物品，还有名人的雕像等。

走在狭长的小镇上，还能时不时看到各种有趣的木头标识。一家旅馆的墙上挂着一个男人在床上呼呼大睡的木牌作为路标。一家饭店索性在外墙装饰着木头做的鱼头，告诉游人千万别错过美味。就连学校、公司等也都有各种各样的木头标牌。真是神奇呢，仿佛个个都是天生的大艺术家。

哈尔施塔特小镇古老而神秘，还具有悠久的古墓遗迹，写本现实版的《盗墓笔记》也未尝不可。倘若南派三叔嫌累，那我便打算在这里扎根，开始奇幻的神秘之旅，可惜小女子胆小啊！在此溜达期间，我发觉这里的埋葬方式也很特别。所有逝去的人在埋葬10年后骸骨都将被移出坟墓，放到山上洞穴中的骸骨馆。日久天长，这里便堆积了无数骸骨，你可以在骸骨教堂亲见这些独特的场景。

为了区别，有的头骨上贴标签，有的绘上装饰纹样。听说这习俗已经延续1600余年了。圣米高教堂和耶稣教堂算是颇负盛名的骸骨教堂了。在小镇的半山上，有个仿佛从山腰平台上延展出来的墓地，在各种植物的衬照间，竖立着一个个木质的墓碑，上面刻有各样艺术造型，墓地的美丽和艺术性实属罕见。

这样偏爱木头是有缘由的。公元前2000年末期，正是盐矿的开掘使得哈尔施塔特（这里有世界上最古老的盐坑）开始有人居住。古老的凯尔特人在此开采生活的白金——山盐。盐矿工人每天要从山脚爬上几百米高的山峰，再下滑到深深的盐矿底部去工作，而保护他们安全的就是“木”滑道。令人吃惊的是目前还在作业，在休息室里穿上作业服，然后导游会带你坐着轨道推车，进入寒气逼人的盐坑深处，最惊险的是坐木制滑座往下滑！你可以一路上听导游讲解盐坑的历史，感受盐矿工人的生活。哈尔施塔特人对木头的感情也可想而知。

至今在小镇的广场上，依然矗立着一个背着大木盐桶的盐矿工人雕像，似乎告诉游客有关木头和盐的传奇。噢，原来一切是这样的呢！

来这里的人小住当然不过瘾了。美丽的湖泊、青青的草地、茂密的树林、清新的空气和童话般的小屋。“我是自由行走的花……”

这里没有星级大酒店，有的只是家庭旅馆。房间数量不多，一般只有3～5间，价格也不贵，15欧元左右一间，还包早饭。

嗨，听着萨菇凉（姑娘）的歌，还能逗留多久呢?

兜里的银子开始叫嚣了。

呼和浩特，有点痛，有点暖

不羁的青春，总喜欢给后来的人生留点儿麻烦。

对这里，又爱又恨。想回去，又害怕面对。处女座的纠结在这里体现得淋漓尽致。一直记得那里异常寒冷，冬天总是裹着厚厚的羽绒袍子，围着很厚的围巾，寒风呼啸，像刀子一般擦割。

总觉得自己与那里的气质不符。那里的人憨厚，身材魁梧，口音重。我这蹩脚的普通话，居然在那里当了多次的示范播音。

公主府，阿尔泰游乐园，那达慕大会，劝业，维多利，构成了整座城市的古老与繁荣。宽敞的马路行人很少。

冷冻而孤独的四年，我明白了昭君的代价。

在呼和浩特求学的四年，一直企图从那里逃走。可是《草原儿女》《父亲的草原母亲的河》的歌声那么悠扬，那群内蒙古的同学和朋友那么可爱，我很爱他们，却又排斥。毕业四年了，纠结的心始终不敢再次审视，就连同学的婚礼我也很少参加。可能是当时身处异地非常孤独，也可能跟稀薄冰冷、带着浓郁的羊肉味的空气有关吧。

上学的时候，我最喜欢吃那里的丰镇月饼，油腻而醇香，据说只有那里的井水可以做出这种独特的味道。

喜欢绵延的大青山。大青山是个石头山，山下面是火葬场和士兵的训练营，还有练车场。萧条而宽敞的马路，让年轻的我就是看不到希望，以至于离校出走了两次，未遂。

美丽的蒙古草原晚上很是热闹，我在那里做过酒店服务生。丰富的蒙古夜生活，嘹亮的歌声，让人觉得净土还是有的。不过，再愚昧落后的地方也有追求欲望的人。不远处就有个“天上人间”，可是这里的姑娘长相不给力，普通的路人甲乙丙。听说有几个还算得上国色天香，可惜一般人根本看不到。

在那求学期间，有两个老师给我留下的印象颇深。他们都是蒙古族人，一个是白莲花老师，她总是笑容可掬，喜欢摸着我的脑袋：“最近，又调皮了。”呵呵，我喜欢这抽象的关怀。

还有一位男老师叫木仁，仅仅大我六七岁。大三那年考常微分，喜欢坐在前排的我，坚持考试也在第一排。这位年轻执拗的男老师，非得让小女子我坐最后一排。我很任性，当然不干。就这样僵持，一直到考试结束也没给我发试卷。我哭了，这门课肯定挂了。

第二学期，有两门课居然都是这位桀骜的男老师带。上帝保佑，保佑他忘了我。

“那门课最后过了吧？”对我印象颇深的木仁老师最后竟成了我毕业答辩的导师。真是好邪恶的缘分呐。

总之，在呼和浩特的日子有点儿痛，有点儿暖，慢慢悠悠伴着五月份的栀子花香。

记忆，就这么多了。

还有，年少的朋友们呢！

说再见，只觉不舍。

维也纳一瞥

看了埃米尔·博比的《虚空》，向来喜好邪恶英雄的我开始关注这个充满神秘色彩的间谍之邦。

想象着蓝色的多瑙河，幽谧的森林，华丽的古典建筑，充满智慧的故事，我坐上开往神奇地域的火车。哈，这分明是一种享受呢！宽敞明亮的车厢永远有半数以上的空座位，特别是德国列车的服务更是贴心，上车后就给一页本次车的经停站时刻表，并且列车运行高效准时。

飞跃的心情伴随着温暖的气候，闭上眼睛，竟全是舒伯特、莫扎特、小约翰·施特劳斯、兰纳、马勒、维瓦尔第、《维也纳森林的故事》《命运交响曲》《蓝色多瑙河》《费加罗的婚礼》《冬之歌》……这些都足以让人赏心悦目、流连忘返。

这里很难发生艳遇，这里应该是潺潺的，像水一样饱满的爱情。

树林掩映中的村落是欣特布吕尔小村，村中舒伯特的故居现在仍然保持着原状。在村口的一株菩提树下有一口古老的水井，离井不远处是一座破旧的磨坊。据说，当年磨坊主的女儿露茜长得非常俊俏，每天清晨提着水桶到井边打水，一举一动甚是优美。舒伯特在他的房间里经常临窗欣赏这番情景，并产生了强烈的创作欲望，后来谱写了《美丽的磨坊姑娘》这首名曲。

拜访完舒伯特的故居后，又登上了林中卡伦山上的卡伦古堡。放眼远眺，远处的城市美景、多瑙河风光尽收眼底。茫茫林海在微风吹拂下松涛起伏，就像小约翰·施特劳斯在《维也纳森林的故事》中所描述的那样：鸟儿的啼唱，流泉的呜咽，微风的低吟，空气的芬芳，使人神往，令人赞叹……

晚上，踩着轻快浪漫的马车畅游在巴洛克式、哥特式、罗马式各种风格的建筑下，真是沉醉了。邂逅了某个“间谍”，问：“你是不是伍子胥呢？”对方轻轻一个邪恶的小眼神：“呵，我是陆子建。”于是不打不相识，一起拜访了特色的葡萄酒场，到沁人心脾的咖啡厅观看着浓浓的夜景，不尽兴的话，来点德式小吃。

维也纳金色大厅、美泉宫、霍夫堡皇宫、贝尔佛第宫和维也纳博物馆这些都是老城的镇宅之地了。其中维也纳金色大厅是最古老，也是最现代的音乐厅了。来到这里，怎能错过维也纳金色大厅？宋祖英、谭晶、郎朗都在这里展示过东方的魅力呢！一首《大地飞歌》激起了东方人的惆怅和幸福，来自大山的儿女唱响了世界的山脉。我还是多少有些小激动。

末了，一个人走在蓝色多瑙河畔，听着《美丽的磨坊姑娘》，想起那弗朗西斯·加里·鲍尔斯还是觉得浪漫，倘若可以冒一次险，也算没有枉活。

听，几只鱼儿在呼吸。那就索性躺在这片土地上感受感受夕阳的魅力吧。

千百年后，很久很久以前，有一位女子……

西安，这座城

西安，很难用一个词来形容。饱满？大气？落寞？守旧？纠结？似乎都不是，似乎也都是。

走在大街上，很容易将纯粹的关中人和其他地域的人分开。关中的男人，一直保留着兵马俑的长相，千百年来的进化，在自然界真是微乎其微。这里的男人粗狂、“二”，当然也有纯爷们的品性。一句“撩咋咧”，让这里的姑娘倍感亲切。这里的姑娘们，憨厚而守旧。相比南方的姑娘，她们还是愿意找一份踏踏实实的工作，够生活就好。到底是没有烟花基因的底子，姑娘们说起话来，很粗狂，很亲切。

当然，外地的人就算是来到这里几十年，也是不算纯。一方土地养一方人吧。

人们都向往十三朝古都，据说到这里可以沾点灵气，贾平凹、陈忠实、张艺谋、王全安、芦苇……这是上一代孕育的艺术种子。

可能是风水轮流转吧。最近几年西安的艺术也真是缺乏。好的乐队算黑撒，创作了《起得比鸡还早》《快乐的破烂王》《西安女娃》《都市碎戏》《这事你不管》……这几个搞笑而忧伤的大男孩，一句“我日！”飙到了美国去唱“张冠李戴”。玄乐队也不错，只是作品并不多，一首《陕西木有啥》竟足足能唱半个小时，唱完了陕西的地理、历史、人文和美食。我想说，作词的真狠！真牛！

说到西安的美食，个人还是眷恋回民街的泼妇鱼，麻中有辣，说不出来的可口，就是这火红的装修风格真的跟不上现代的节奏感，闭着眼光吃饭还可以。

回民街的其他陕西小吃，可能是从小吃习惯了，所以吃来吃去，只钟情于这里的黄桂柿饼。来上两个老外，拍个照，证明咱也豪迈得走向了国际化。

钟楼和小寨是年轻人的聚集地，这里可以看到最漂亮的西安女娃，当然也就能遇到最奇葩的事。

听说年初一被男票（男朋友）劈腿的女孩，穿了一裤头，披头散发，在大街上溜达，身材是真TMD好。菇凉（姑娘），你冷不？跟哥回家。

不多日，一小男孩从赛格20楼跳下，说是为情所困！我晕，熊孩子，谈情太早了吧。

同年6月份，据说一同时交往N个男票的妹子，正和其中某一位在骡马市闲逛，没想到被另一位男票看见，于是闲逛的男女挨刀后双双奔向天堂……过得真是糊里糊涂滴。

钟楼旁边有四个门，说来最喜欢下班后城墙边上胡吹冒料的、摆摊下棋的、出来剃头的，还有那广场上的大妈们。好温暖，好惬意。

如今，文绉绉的建筑再也不见了昨日的绚烂。因为帝王去北京了。

这里落寞荒凉，只有护城河静静地流啊流。听说旁边新建了一排酒吧，“天品西岸”“卡门1932”“红伶”“墨尔本”……洋气的名字，咱陕西人不消费，还是羊肉泡馍馆浪滴欢。

“师傅，再来一碗。”

高新区是上班人的地域，南郊是学生的天堂，北郊是新民的圣地，东郊是咱老西安的根。灞桥，长安，那就扯的有点远了。

“走，兄弟再打一圈。打完去钟楼那抱个MM回家暖被窝。”

这座让人忘不掉却厌恶的城。

说不上来的感觉，而我的整个青春便是在这里终结的。谁知道这是咋回事儿?

寺院修禅，教堂捐心

他们说有信仰是好的。

佛教里，讲究“积德行善”；教会里说“要信靠上帝”。

佛教里，讲了很多故事说有因果报应；教会里讲了很多教义说上帝掌管一切。

但凡提及总会蒙上宗教的神秘，让人有三分敬畏之情。

人们选择自己相信的宗教，虔诚地信奉。活在佛家的国度，活在耶稣的世界，似呆子，似傻子，可是他们自以为乐。

当然，每一种文化都是一种骗取的洗脑过程。

我算是个伪教徒吧。有时只是听那里的孩子们唱唱歌我就会哭。也许是自己各种生活的不如意吧。

但凡语言唱到心窝里的，总是好的，感动的。

那么，我信：真善美。

有人问：什么是真？什么是善？什么是美？

这个，仁者见仁吧。

寺院依然风清月明，教堂依然神秘高大。

我只是穿着厚厚的羽绒服，围着围巾，在街上踱着步子：天地真大，人真小，人怎么自知？而我有位要好的导演朋友信佛，他很善良。一位很好的绘画朋友信基督，她也很善良。我们相安无事地相处。很好，这就很好。

有关旗袍，有关风月

脑海中一直有白流苏的影子，或许是因为张爱玲的故事写得生动，一颦一笑竟迷了小女子我数十年。一直活在梦里，梦里一直惊现上海，上海一直有风姿绰约的旗袍。听说老凤祥的旗袍做得不错，可是旗袍是最最挑人的，玲珑的身材，性感的姿势，举手投足之间尽是优雅：

她是悠悠一抹斜阳，多想多想，有谁懂得欣赏；他有蓝蓝一片云窗，只等只等 ，有人与之共享；她是绵绵一段乐章，多想有谁懂得吟唱；他有满满一目柔光，只等只等， 有人为之绽放。

来啊，快活啊，反正有大把时光。

来啊，爱情啊，反正有大把愚妄。

来啊，流浪啊，反正有大把方向。

来啊，造作啊，反正有大把风光。

大大方方爱上爱的表象。

迂迂回回迷上梦的孟浪。

越慌越想越慌，越痒越搔越痒。

我想黄龄算作上海女子，精致而风月。张爱玲算，叶檀算。杜鹃，当然也算。迷离的眼神里，总有着上海人的算计和清高，冷傲与决绝。始终觉得孙俪和马伊琍都不应该算作正宗的上海女子，太温暖，太亲切，感觉丢失了很多上海本土的气息。

旗袍，让人一开始就会和上海联系起来。陕西的女子穿着旗袍，总让人觉得太土气。山东的女子，因为身材过于高大，也不适合穿旗袍，当然也穿不出旗袍的风味来。

“侬晓得啦”腔腔调调都是上海风情。光看那《色戒》里的太太们，一个个就够你眩晕的啦。

两年前跟一位上海本土的男生打交道，好像叫孙华，头发油光锃亮，行头一丝不苟。我想他身边一定是般配的上海小妞，有着风姿绰约的身体，扭扭捏捏得精打细算，一腔一调尽是风月。

“夜上海，夜上海……”

华灯初上，温柔造作的旗袍，混合着柠檬香水，已经开始了迷幻的夜生活。

阿拉老想侬！

一个流浪者的告白

我，是一名流浪者。

我的爸爸妈妈叫我去流浪。流浪到哪里呢？我一边走一边掉眼泪。

流浪到传说中很大的城市，这里灯火通明，这里醉生梦死，这里豪情万丈，这里车水马龙。这里美女如云，这里名车豪宅，这里是通往天堂的地方。于是，我卸下沉重的包裹，眯着眼睛，对着每一个人笑。

可是，为什么人人都很冷漠？在梦里梦见了我心爱的姑娘，倾国倾城，美好如诗。从此，开始了寻找信仰的征程，我固执得以为有家才有国。春夏秋冬，春夏秋冬，始终找不到我的心上人，我心里很难过。我实在不愿轻易让眼泪流下。我以为我并不差，不会害怕，我不想因为现实把头低下。我以为我并不差，能学会虚假，怎样才能够看穿面具里的谎话？别让我的真心散得像沙！如果有一天我变得更复杂，还能不能唱出歌声里的那幅画？

我是一名流浪者。我只想单纯地做一个普通善良的人。我使尽浑身解数，始终不想变得复杂。于是，我成了衣衫褴褛的流浪者。我成了一名真正的流浪者。之后，我便四处游荡：我缝缝补补，我以为我是拿破仑的转世，我是王，我当然很潮；我嬉笑怒骂，我以为我是红楼梦里走出来的道士，一句好了歌，抵得万年愁，我通晓世事，我当然很傲；拂袖而过，我以为我是那智者的化身，一言胜过九鼎，我裙下一呼，我万臣瞩目！

我是一名流浪者，我嘘眯着眼睛看着温暖的阳光：日光之下有一个谜，忙碌的人群终日寻觅；日光之下有声声叹息，成功失败尽是空虚。眼看看不饱，耳听听不足，万事令人厌烦，人心怎能说尽？日光之下有一个谜，世世代代谁能解明？日光之下有声声叹息，生命多像捕风捉影！

我是一名流浪者，我看到美丽的姑娘，也想长相厮守；我是一名流浪者，看到豪华的车子，也想潇洒飙车；我是一名流浪者，看到好看的衣服，也想今冬不冷；我是一名流浪者，看到好看的花卉，也想嗅得满园香。我看到动人的别墅，也想舒舒服服有仆人，有保安，有藏獒，有大床。可是，我什么都没有，有的只是被人嘲笑的目光；可是，我什么都没有，有的只是一副寒酸的模样。我什么都没有，什么都没有。因为我是一名流浪者，一名名副其实的流浪者！

当瑟瑟的寒风从坚硬厚实的朱雀门吹过，我裹着剩下的家当，衣不蔽体，打了个深深的寒战。骨头和肉互相取暖，另一个流浪的姑娘，抹着鼻涕，送我半个残剩的包子。用尽余力，我将包子塞进“庄园的壁炉”里，做了个很长很长的梦：“我的家在东北，松花江上。那里有满山遍野大豆高粱，在那青山绿水旁，门前两棵大白杨，齐整整的篱笆院，一间小草房。我爸爸有事没事，总想喝点酒。就算是没有菜，那也得喝二两。大碗茶大碗的酒，左邻右舍在两旁，五魁首六六六，笑声满堂。我妈妈从小嗓门就亮，每天她喝着山歌去学堂，直唱得老大爷，放下了他的大烟袋。直唱得小伙子，更加思念他姑娘。直唱得老大娘，放下针线听一段。直唱得大姑娘，眼泪汪汪，忘记了洗衣裳……”

是安徒生来接我了吗？卖火柴的小女孩都被他给了最后的成全，我能吗？前面闪烁出一道无比亮丽的光，我终于看到我亲爱的爸妈……

如有来生，我愿，为了现实把头狠狠得低下；

如有来生，我愿，躲在面具里说谎；

如有来生，我愿，变得更加抽象更复杂；

如有来生，我愿，做一个道德败坏的君子；

如有来生，我愿……

世界很大，一如往常。我，是一名流浪者。我，走了——

消失在慕尼黑街头

骑马、木偶剧、旋转木马、碰碰车、射击场、古本书籍、男子服饰、瓷器、厨具、皮短裤、紧身连衣裙、露天花园啤酒馆、猪蹄、香肠、三明治和蒸馏式奶制咖啡。

这里是慕尼黑的点点印象，不知道什么原因总是想到伏尔加河，可能是喜欢喝啤酒、吃面包吧。

在这里的夜宴，真的很惬意，听着慕尼黑的音乐，看着卡尔斯广场的美景，让人不得不想起john williams（约翰·威廉姆斯），这是一个怎样的德国男人呢？深邃？悠远？当然，德国人的精湛和精益求精也在世界顶级奢华车辆上显示，“宝马”就是一个很好的例证。

慕尼黑位于德国南部的阿尔卑斯山北麓的伊萨尔河畔，号称德国南部第一大城。留有原巴伐利亚王国都城的古朴风情，被称作“百万人的村庄”。它也是德国第二大金融中心（仅次于法兰克福），是欧洲最大的出版中心，拥有德国最大的日报之一《南德意志报》，出版社数量仅次于纽约市，这可能也跟德国人习惯于阅读有关系吧。

这里特立独行，皇家气派，并且狂野范儿十足。激烈而矛盾的特征，构成了“二战”的谈判。这里的建筑主要是黑色和金色构成，给人一种肃穆而神秘的苍凉之感，可能也是跟希特勒这个男人有瓜葛吧。

当然在这里也不得不提到弗朗茨·贝肯鲍尔、， 茜茜公主、 利翁·福伊希特万格、韦纳·荷索、菲利普·拉姆、 托马斯·穆勒这些熟悉的名字。

慕尼黑大教堂摆渡的仍然是神秘中的神秘，沧桑中的沧桑，历史中的历史，幸运中的幸运。

该走了，站在慕尼黑弗朗茨·约瑟夫·施特劳斯国际机场想象惨案即将发生。不知道为什么，眼里一直隐藏着泪水……

“你喜欢战争吗？”我问一位战地记者。

“非常厌恶。”

“我也希望世界和平。”

别了，苏梅岛

一直想找个清静的地方过年。泰国苏梅岛（Samui），其名婉若女子，水清沙白，远离尘嚣，是个让人放逐身心的好去处。在这里迎接我的是洁白的小象。

七点钟就起来了，晨跑加漫步5公里。晨曦为景物涂上一抹神奇的色彩，涛声让海岸显得更加静谧。路过一家名叫Library的酒店，里面有个大大的图书馆，院落里散落着憨态可掬的读书人白色雕像，更特别的是泳池的马赛克竟是红色的，有几分诡异。过去几个月压力颇大，有种身心俱疲的感觉，我要在锻炼和读书中彻底放空自己，迎接新的一年。

悠闲。一把躺椅，一本好书，沐浴海风，头枕涛声，任凭时光悄悄地走来又走远。下午去浮潜，由于潮汐的缘故，海水清澈透明了许多。

如果你喜欢潜水，建议你在南园岛小住，这里光怪陆离、生机勃勃的海底世界一定不会令你失望。海水透明度极高，浪花在沙滩上卷起，像透明的果冻。浮潜中一个潜水者在水下游过，一串串水泡在水底升起。还见到两只菜鸟被人像小鸡一样拎着在水中游荡。南园岛吃住条件一般，依山而建的小竹屋由栈道相连，几乎每一间都是海景房。两道狭窄的洁白沙滩呈人字形，其中一道在潮起时会被淹没。最美丽的时刻是在黄昏，游人散去，沙滩显得格外静谧，这时可以静静欣赏壮观的海上日落了。

休闲运动为主的度假行，没有任何观光安排，所以几乎谈不上什么攻略。往返一共14天，苏梅岛查文海滩2天，这里的海滩最好；涛岛2天；南园岛2天，这里潜水条件、风景物俱佳；苏梅岛查文北海滩6天，这里相对偏僻，海滩沙质不好，但酒店价格便宜，可以选个好一点的酒店休闲度假。

回到苏梅岛，入住Nora Buri酒店，这是我们此行的最后一站，也是逗留最久的地方。酒店依山傍海，从房间到海滩要走一段石阶路，一路花木扶疏。酒店是典型的泰式建筑，其特色和亮点是两个阶梯式无边泳池，景色水质俱佳。但沙滩的沙质和景观都不咋样……

别了苏梅！苏梅岛最后一夜，漫步海滩，月明星稀，海风清凉。大海出奇得安静，波澜不兴，偶尔一朵浪花顽皮地窜上海滩，又瞬间退去了，只余下远方隐约传来的悠扬曲声。夜色如水，让人沉浸其中不忍离去。

别了，苏梅岛，温馨而惬意的小游。

梦想褪色，青春几何

这几乎是一个冒险的过程。

有人铤而走险，有人小心翼翼，有人战战兢兢，有人暗度陈仓，有人隔岸观火。

青春的时候，不以为然。总觉得岁月固执得长，长到可以地老天荒。直到有一天，身边的全是下一代，而自己还奔跑在梦想的路上。

虽然在奔走的领域略有成绩，可终究敌不过岁月的摧残，容颜一天天老去。孤独的骨头揣摩着暗黄的皮肤，偌大的房子敌不过安静的苍凉。

时间，都去哪儿了？

少年，都去哪儿了？

梦想，是否一如当初？

只有在黑夜的时候，委屈的眼泪才会顺着空气飘向寂寞的坟墓。外表流光溢彩，一丝不苟得衣冠楚楚，我们是已经忘却了当初的追求，还是已经习惯了长期的伪装？

怀揣梦想的人，都有一颗少年如风的心。他们喜欢自由，习惯思考，总是异想天开，希望在历史的丰碑上留下自己不深不浅的脚印。

于是，一批批文艺青年战斗在所谓文艺的大航海中，磨尖去锐，一直妄想搭上顺风的船只，能呛上一口文艺的标识。可是，船还没有开，满目疮痍的俗世尘烟已经熏染了其中大部分的伪梦想，暴露了一些人奔着铜臭、当着婊子立牌坊的行径。于是身边所谓的文艺青年进行了一次又一次的划分，剩下的寥寥无几，但个个都是“精英”。

很好笑，许多年轻人把自己不断跳槽的卑劣行径作为文艺的直属砝码。在他们看来，写字是最简单不过的事情，只要阅历够丰富，只要文字不走火。从此一跃文坛千百度，成为高富帅，荣登白富美，生活不是别墅就是法拉利。莫言，算什么？亲爱的，你也不看看，莫老师经历了多少年的文字打磨，虽然外表并没有那么时尚，但文字的魅力始终会扩大个人的魅力。

梦想，从来都是奢侈的词，无论任何年代。文森特·梵高用自己的印象画法创作了著名的向日葵等一批批大胆热烈、奔放良善的画作。可是时势弄人，他活着的时候，因为太过超越的思维格局，并不被当代人所理解。曾因精神疾病的困扰割掉耳朵，最后在法国瓦兹河开枪自杀，时年37岁。

我想，这是一个男人风华正茂的年龄。理想本来应该和现实画上约等号。可是，全被时间嘲弄了。到19世纪末，他的画一跃成名，价值连城。

梦想，在死去的时候落地生根。谁还会想起潦倒的梵高先生？

当然，在这里仅仅提及文艺的梦想，各个行业无不有相似之处。伟大的物理学家牛顿，创造月光曲的贝多芬，一直到现在音乐圈的汪峰、郑钧等，无不在追求梦想的路上碰过壁。

时光，在静静地流逝。

风花雪月，眨眼间变成了永久的回忆。周围的同龄人都结婚生子，徒留一些固执的人，在理想与现实中挣扎，在繁荣与没落中徘徊。终究不知道自己的选择是否得当、正确。在追求梦想的最后，有的声名显赫，有的前拥后呼，有的一身鸡毛，有的狼藉徘徊，有的落荒而逃。

静悄悄，按部就班的人们似乎波不澜不惊得永远隔岸观火，冷嘲热讽，八卦留言。可是，走过一遭，他们留下的又是什么呢？难道仅仅是周而复始的循环吗？难道仅仅是车子、房子和票子的从有到无、从无到有的虚度斑驳吗？难道仅仅是传宗接代的中间枢纽吗？

这就是正确的人生，有道德的人生，离谱的人生？

亲爱的，全天下都笑了，你开心过吗？你青春过吗？

梦想最大的意义，可能不是什么实质性的进化，是起码我来过。青春，就是用来疯狂的。

王的游戏

有人玩得起，有人进不去。

圈子，永远照顾有驻足能力的人，绝不会怜悯一个弱者的加盟。

网络的无界限活动似乎让卑微的人忘却了自己的渺小。是的，按照自然法则，人人生而平等。可是，亲爱的，“物竞天择”的道理永远实用。有人的地方就有优胜劣汰的法则，有人的地方就有胜者为王、败者为寇。网络的虚拟与大视野，让平凡的人得以与根本够不着的人“平等”，并指手画脚。错误的视频、构图、文字让人产生暂时的虚无幻觉，贫穷的反而更加贫穷，富裕的反而更加富裕。

王，喜欢设定游戏规则，并且在游戏之内行使权限。而弱者往往热衷于考取各种证件，在游戏里升级，在游戏里控诉，在游戏里颠覆，似乎自己无所不能。可是亲爱的，屌丝是怎么炼成的？惰！弱！软！愚！

多数人都在感慨自己的命运。亲爱的，你可知那些所谓的王者必然经历了身心的历练，甚至绝望之后的再绝望。伟大的法兰西第五共和国的创建者夏尔·戴高乐曾经说过：“难道败局已定，胜利已经无望？不，不能这样说。”濒临死亡，却置之死地而后生。试问有几个会有这样的魄力？当你和自己的女友你侬我侬的时候，他们在干什么？当你做着赚钱不多但很安逸的工作的时候，他们在干什么？当你和朋友猜拳喝酒的时候，他们在干什么？当你逢假必游的时候，他们在干什么？当你沉入梦乡的时候，他们又在干什么？

于是，一些年过去了。凭空坠下些许王者。于是，你感慨自己时运不济。好一个矫揉造作的家伙。于是，你还会冷嘲热讽地批评那个某某。亲爱的，人无完人，我们何不把自己擦亮了再说话？

成功者，往往付出比别人更重的代价。

可是，世间种满撒旦的恶毒。

光脚的不怕穿鞋的。在王者刚刚建立自己的游戏圈内，所谓的弱者便在卑鄙的稻草中撒野，企图贪用更加卑劣的手段将游戏摧毁。没有目的，只图不堪的痛快，不惜任何代价。惨无人道地打着受害者的幌子在粪堆里插秧。

王，不悦。

但，不语。

因为漠视，是最强的反击。

有些圈子，你永远进不去。有些圈子，已经在你身旁。王的游戏，让贫贱的人更加励志，让卑劣的人更加焚灭。

倘若，要进入王的国度，参观从未触及的风景。那么，不如让贪婪而懒惰的心谦和、随性、忍让、卑微。卷起裤腿，撩两把老泥，在有山坡的地方开始前行。

王的游戏。你准备好了吗？

生命是一首歌

不知道从什么时候起，我们开始追问自己：为什么要活着？怎样活着？活着做什么？面对这些恼人的问题，每个人似乎都有自己充分的理由，而这无关权利，无关财富，无关家世，有关自我。

但凡写作的人，或多或少都有切肤的体会：写作就是一种慢性自杀的过程。一个人，在空荡荡的房子，面对冰冷的键盘，一个人哭，一个人笑；一个人落寞，一个人狂躁；一个人驰骋，一个人颓靡；一个人诉说着几千年的历史，一个人呆呆地研究一段文字。于是，生命的奇迹在空旷的孤独中，谱写出一首动人的蓝调。

喝一杯威士忌，压压惊。

Oh，That is else life.

关于生命的样式，上帝会给我们呈现出各种各样的震撼。友人从香港刚刚旅游归来，拍了一些简单的视频。作为一名始终对生活保持高度热情的女子来说，她一直善于用自己的眼睛来发现美好。

视频，一般会将生活中的影像凭着摄像头而倍数放小，因此，面对这转基因的现代化工具，她从来不抱有被震撼的希望。

然而，走在城市边缘上的一间小小的“曲江澜山”公寓里，和着幽幽一抹已经退去的斜阳。

她，彻底被震撼了！

友人拿款式简洁的手机，拍了几分钟水母在海洋馆里游荡的动人景致。一个零散的、似乎毫无关联的分不清规律的毛线组合，被一把大伞撑住，在清澈的水里，收！放！是如鱼得水的样子，真的是如鱼得水的样子。周遭的彩色灯光打下去，给这淡淡的水母无意当中增添了绚丽的繁华。

她想，任意大利工匠如何精巧，也制造不出这生命的奇迹；任好莱坞的电影如何炫技，也无法复制这生命的鬼魅；任现代科技如何发达，也无法安排这生命的罂粟。

旁边有个17岁的学画画的高三女孩告诉她，越美丽的东西，毒性越大。

友人望着她笑了笑。

这就是生命。

生命，应该是保持和谐的、相对的。从来都缺乏头重脚轻的着色。

活着？活着就有很多解释。但是生命的喜剧往往愿意以悲剧的方式来呈现。于是，《简爱》里浩浩荡荡阐述了“人活着就是为了含辛茹苦”。

刚刚进入21世纪，一位叫余华的中国作家，听了一首美国民歌《老黑奴》。歌中那位老黑奴经历了一生的苦难，家人都先他而去，而他依然友好地对待这个世界，没有一句抱怨。这首歌深深地打动了这位作家，于是他决定写下一篇小说《活着》。它讲述一个人和命运之间的友情，他们互相感激，同时也互相仇恨，但是谁也无法抛弃对方，同时谁也没有理由抱怨对方；讲述人如何去承受巨大的苦难，就像千钧一发，让一根头发去承受三万斤的重量；讲述了眼泪的丰富和宽广，绝望的不存在，对世界乐观的态度。

于是，它感动了张艺谋。

这也是活着。

生命，在这里醉饮一首纯中国式的悲歌，却慷慨激昂。

奴难当中，青楼女子是中国的一个特殊群体。“长安城里一座芳草凄凄的老院墙，一个慈祥的老太太我从小管她叫娘，她教我琴棋书画诗词舞蹈曼妙歌唱，她教我千般妩媚万种风情一点思想。我见过白衣少年口吐莲花风流倜傥，我见过黑衣游侠持剑四顾眉宇苍茫，我见过公子王孙挥金如土鲜衣怒马，我见过羽扇纶巾微服的寂寞帝王。”

这活色生香的、无奈的生命是一首悲凉的古典和摇滚。

于是，生命的基本谱调已经绽放。任曲调色彩斑斓，优雅颓废。

世间百态，气象万千，工种繁多，品性有异，例能举三。只待“春来江水绿如蓝，能不忆江南”；只看“小楼昨夜又东风，故国不堪回首月明中”；只嗔“执手相看泪眼，竟无语凝噎”；只狂“天生我材必有用，千金散尽还复来”；只悲“寻寻觅觅，清清冷冷，凄凄惨惨戚戚”……

生命，是一首歌。

I like this song.On and on and lingers on.

如梦之梦，像梦一样悯善

醒来，很晚。怕梦被清扰。拉紧窗帘，在黑暗的狭小的空间里寄存那梦、那晚的呼吸。中午的鸳鸯藤好像是在等待阳光的温软。

噢，今天又是哪儿呢？温暖的床褥，懒散的摆设，几本消遣而严肃的书，还有昨晚的熏鸡。涂了指甲油的画作，五彩缤纷，真是美艳。纳豆和牛奶做成的面膜还在尘埃里发酵。我的母亲呢？这是哪呢？

这不是我那子仲家里吗？

可是他人呢？激扬的河水不断流淌，水底的白石更显鲜明。想起了白衣衫红衣领，跟从你到那沃城一行。既然见了桓叔这贤者，怎不从心底感到高兴？激扬的河水不断流淌，冲得石块更洁白清幽。想起白内衣和红绣领，跟从你到那鹄城一游。既然见了桓叔这贵人，还有什么值得去忧愁。激扬的河水不断流淌，水底的白石更显晶莹。当我听说将有机密令，怎么也不敢告诉别人。

嘘！不要告诉其他人。这是我们家子仲的秘密。

可是，子仲又是谁呢？

当细胞在追根溯源的时候，我们是否还能从容以对？

什么爱情？沧海月明珠有泪，蓝田日暖玉生烟。此情可待成追忆？只是当时已惘然。什么亲情？煮豆燃豆萁，豆在釜中泣。本是同根生，相煎何太急。什么友情？渭城朝雨浥轻尘，客舍青青柳色新。劝君更尽一杯酒，西出阳关无故人。

噢，秦人去了哪儿？汉人去了哪儿？那大唐呢？那明清呢？那些格格阿哥们呢？那些荣华富贵、锦衣玉食呢？那些君臣家规呢？

谁还能撕心裂肺地唱出当年的《一无所有》？谁还在祭奠《平凡的人生》？谁还在巴黎圣母院抛出最后一枚硬币？那遥远的巴塞罗那今天又有什么奇遇？今晚哪位小伙又睡在哪位姑娘身边？黄昏时分，哪位爷爷又安静归西？

昨天是什么？今天是真的吗？明天是个伪概念吗？

浮生若梦，若梦非梦。浮生何如？如梦之梦。

其实我们的一辈子就像一出戏，这出戏是我们自己编的，戏中谁是好人、谁是坏人，是我们自己在决定。到后来，时间久了，也都不重要了。等戏演完了，落幕了，我们可以走出剧场了。

那么，人的爱恨情仇又算得了什么呢？

都在梦里。

我们都是应该被同情和享受的小妖，那么涂上五彩的装扮，今晚继续如梦之梦的幻觉。

不，不要伤害那微弱的同类。

人生如此，浮生如斯。缘生缘死，谁知，谁知？

一起去城市流浪

繁华的城市，拥挤，颓靡，汽油味，令人恶心生厌。可是人们像是吸允着大烟，怎么也戒不掉。地铁里除了人，便是沉重拥挤的呼吸。西装革履，胭脂水粉，混合着混凝土，让人有种眩晕而窒息的感觉。

农村的人越来越少，年轻人走出去“看世界”，只剩留守儿童和空巢老人。村里的老人们一个个去世了；从外面回来的人，也常常是一捧寒灰。天黑了，村里几乎没了声音，仿佛一座死村，一个鬼城。

走在这里，我常常想起小时候。

那时候，没到冬季，孩子们穿着很厚的衣服，在村子里跳皮筋、跳绳，校园里也是热闹非凡。村子里的妇女纳鞋底，男人们冬天没有体力活，便抽着烟，晒着太阳，吹着牛皮。“土地平旷，屋舍俨然，有良田美池桑竹之属。阡陌交通，鸡犬相闻。其中往来种作，男女衣着，悉如外人。黄发垂髫，并怡然自乐。”真有桃花源的安逸。

后来我们长大了，去了城市。大城市压力很大，挣钱却不尽如人意。住着廉价出租屋，阴暗潮湿，终日看不见阳光。奋斗很多年，依旧买不起房，开不起车。没有成果的我们回不去，留守的老人们又住不进城里来。

黄土地还是原来的黄土地，只是这片土地上的儿女在匆忙迁徙。

这是时代的特征，这是这一代人无法言说的悲凉。

“你今年过年回来吗？”

“你发小今年带女朋友回来，你什么时候也带个回来？”

“……”

很多时候，感觉自己像是一个在大城市流浪的孩子，每天过得混沌迷茫。

家在这边，梦想在那边，但哪一边都离自己很遥远。我一直在寻找，却一直都在路上。

也罢！也许生活该是这样：只是一场旅行，而不是目的地。

贰

渡红尘·卡门【畅聊爱情】

“你的青春干了什么？”

“爱了一个不该爱的人，谈了一场‘扭曲’的恋爱。”

“你后悔过吗？”

“没有。只是内心的丰盛让我猝不及防。”

从此，天涯是路人

对酒当歌，人生几何？还是冬的冬，还是原来的原来。一切好像回到了原点，风平浪静，没有一丝响动，像极了寒冬腊月的黑龙江冰湖。

我们在屌丝的标签下奋斗，我们信誓旦旦地相信定有爱情。在职场谦谦笑傲，总以为自己晋升到了白富美。于是，我们可以光明正大、趾高气昂地等待心中的他，从此可以你侬我侬，笑傲江湖；从此可以执子之手，与子偕老，哪怕来世再也不得相见，那么我们就在今生的菩提树下，写满爱的信物。

于是，在愿望的祷告下，你轻轻一挥手，我便知道你在桥的那头等了很久。

没有任何语言，仿佛是前世的恩赐。看着你尘面如霜，我心疼得不知所措：这些年，你都去了哪儿？你如今怎会这般模样？亲爱的，你为何面带憔悴？你经历了什么？

没有了更多的语言、相互的拥抱，将温暖埋在深深的眼神里诉说着那绵绵的故事，不诉离殇，为何我们相遇得如此晚呢？倘若我们生活在所罗门的国度，会不会有别样的结局？

我们在一起吧。之后，我的就是你的，你的便也是我的。一曲霓裳羽衣曲，仿佛是三郎与玉环的前世今生，再也不要离别，再也不要在马嵬坡下横刀断马。

现世安稳，岁月静好。晨起的朝露里，有我们快乐而幸福的唱歌。那是莘国和秦王朝的最好联盟，于是，我便不由自主地在秋雾里放浪情歌：关关雎鸠，在河之洲，窈窕淑女，君子好逑……

尘世是写满意外的情书。突然，你消失了，消失得无影无踪。看着摩天大楼里现代化的赞歌，我极尽全力地安慰自己：出征打仗，那是大丈夫的做派，因为你选择的是英雄！

一天，两天，三天……

我用写满了情感的血书，让信鸽捎去炽热的温暖。我想：你在战场里，可能会冻坏双脚。于是我踩着门帘下的铁钉，想用自己的鲜血来融化你冰凉的血液。

转眼间，十天过去了，连信鸽也死在了途中。我想学孟姜女的气荡山河，我想用眼泪换取十里长城的捣毁。亲爱的，你还剩生命几何？哪怕你已经没有面目来面对这极好的女子。既然同为一世，缘分天定，其他的还有什么重要？

新年将近，火树银花，车水马龙，每个人走过的脚步，我都细踩了一遍。我天真地想，总有一个会和你的一样；每个人的背影，我都在用自己憔悴的画笔，小心翼翼地描摹，害怕出现哪怕一点儿差错。

可是，连你微薄的呼吸我也听不到了。

只能激将，死马当作活马医。

“我之前的女朋友回来了……”

一句简简单单的话语，刹那间，将我的心摔了个粉碎。人们都说前女友是男人的致命伤，尽管她比起你现在深爱的女子差着十万八千里，可是那是你的痛。我深深知道解铃还须系铃人。亲爱的，上帝真坏，给我们开了这么大的玩笑。

祝你，幸福！

从此，天涯是路人……

不负如来不负卿

读罢万卷诗词，尚觉摩诘这首“红豆生南国，春来发几枝？愿君多采撷，此物最相思”能解相思人儿的几许哀愁与福念……

时代是时代的墓志铭，幸怼是幸怼的通行证。在这个已经将爱情唱滥了的年代，深情的人儿，在慌乱的年代，莫不是空悲彻，白了少年头？男男女女，莫不是何以解忧，唯有杜康。

算了，找个凑活的人就嫁了吧。

多少美人在荒芜的生涯里妥协，在苍白的岁月里腐烂？孤灯清影，残壁书画，一次又一次将你未见的模样描摹成诗，在清梦里放浪……

蚕食，等待，期望，失望。

摩诘啊，当世可有你这来生的再造？家世较好，才华横溢，抱负天下。哪位美人又如此幸运，能配得上你千金万两也难得的红豆？

最高的文人造就经典的配对。于是，白流苏和范柳元这对完美的璧人在张爱玲的笔下摇曳生姿。经历千山万水，空度沧桑年华，俊美的外表下，早已写下了疲惫的章节。见面只为识得。

滚滚红尘，浮生若梦。我们在日渐长大的途中会慢慢相信命运，而感情的命运似乎也早已成为定数，遇到只是迟与早的区别。

夜深沉，红豆在月光下散发出清香。那儿有一户人家灯光昏暗，咖啡袅袅，模糊的空气里充满了相思的游吟。世间安得两全法，不负如来不负卿。假如时光可以倒流，假如都是一张白纸，假如两小无猜，你侬我侬……

可会有：

处女泉边一袭幻丽绢纱
拂过千年的太息
透过诸侯的烽火凝望
你可是我岁月沧桑后唯一的守望
为何这样的夜这样的星子
我十指渴望轻抚的泪眼，峨眉
我可揽日月山河的怀抱
这一夜，只想那一袭幻丽绢纱
她正在泉水濯足，眩晕的鱼儿
若你们游到她倩影的流光处
就代我诉说一代枭雄的往事

“红豆生南国，春来发几枝？愿君多采撷，此物最相思。”摩天大楼高处的月光，不知何时蜷缩成了一团，只能托付秋风带去这无尽的念思。

拜托了。

谢谢你，让我再次相信爱情

秋，又到了秋天。院子里，来了一群雀鸟在做客。刚下山的夕阳把影子拉长，这座古城披着黄昏的艳遇在秦岭山下又活了起来。仿佛涉世未深，仿佛沧海桑田。眼睛里含着泪水，跟过去说晚安。

冥冥中的缘分，没有人会给它一个近乎标准的答案。就像你永远不知道下一秒的彩票会不会中奖。也许有前世，也许是偶遇。佳期如梦，或许我在念念不忘“停车坐爱枫林晚，霜叶红于二月花”。

秋天，总给人萧条的感觉，而我独爱这份清凉。每到秋天，秋雨缓缓地打在皮肤上，枯黄的叶子一层一层，厚厚的，细踩上去，总会有一份留恋的东西苟存，莫名想起张恨水这个男人，想起《金粉世家》：“伊人何处？总在寒冷清秋。”

护城河不知道什么时候变成了死水，可是鱼儿在畅游，恶臭的淤泥沾满了枯萎的莲叶。黄昏的时候，天品西岸的酒吧一条街依然灯红酒绿。我们不知道男女的诉求，就像从来都不知道时代的命运。

夜晚说，早啊；清晨说，再见。

身体的随便与占有好像很符合时代的气息。你若想长相厮守，从此一生，亲爱的，血泪会告诉你，卑微的追求是多么可笑。

婚姻，爱情，美其名曰：全凭感情。

就真的这样了吗？日复一日，我们单独行走在这个城市潮湿而干燥的马路中央，总想在穿梭的人群中找到那只可靠而深情的肩膀。譬如朝露，去日苦多。当夜幕降临的时候，当桃子成熟的时候，眼泪顺着车水马龙，在肮脏的空气里被粗俗碾得粉碎。我不喝红酒，我怕沾染罪恶的淫欲；我不抽烟，我怕戒不掉疯了的孤独；我不随便交友，我怕对不起我们艰难的相遇。

我很孤独，比孤独更孤独绝望。

鸟儿尚可配对，亲爱的，你在哪儿呢？

红楼里的晴雯说得好：“算了，就这样吧。”

呵呵，算了，就这样吧。一切都是命。可是当范柳元一封电报：“无比想念，船票办妥，乞来香港。”白流苏的整个心都乱了。

“你不会怨我吧？”

“我怎么会去怨一个梦呢？”

过去的都不说了。执子之手，哪怕山河滔滔。

今天好像还是雨天，可是我的心却好像明媚了不少。

“今夕何夕，见此良人？”

“你吃饭了吗？”

“吃过了。”

“天亮了，多加衣裳。”

“好。”

“不要太晚，早点休息。”

“哦。”

细砍流年，谢谢你，让我在最后的日子里遇见了你。生死相逢，谢谢你，让我再次相信爱情。

院里的海棠花开了，这个秋天不太冷。因为有你，不冷。

刚好，你来到；刚好，我遇见

岁月是把双刃剑。有时候将伤口拉长，有时候将伤口愈合。

雾霾燥冬，仿佛看不见一点儿希望，只是在回忆的旋涡里挣扎，糜烂的故事讲了一遍又一遍，像极了鲁迅先生笔下的祥林嫂：阿毛，阿毛。

我想，我把赞美诗唱完，写一首灰凉的诗歌，作别沉甸甸的青春。躺在胭红的高粱地里，等待东风的愁歌怨语。

纽约的冬雪凝固了所有对爱的冲动，枯黄的树叶终结了青春的赞礼，胡杨林在遥远的蒙古高原哭干了古墓里的冰清玉洁，谁在风里嘶吼“生来彷徨”？

谁，是谁的谁？在密密麻麻的人群里，已经忘了谁写在谁的故事里。车水马龙，不过是给孤独的行人徒添更加悲凉的音符。

故事从一双玻璃鞋开始，最初灰姑娘还没有回忆，不懂小王子有多美丽。直到伊甸园长出第一颗菩提，我们才学会孤寂。在天鹅湖中边走边寻觅……

最后每个人都有个结局：只是踏破了玻璃鞋之后，你的小王子跑到哪里了？蝴蝶的玫瑰可能依然留在几亿年前的寒武纪，怕镜花水月终于来不及去相遇……

百年孤寂，仍然守着旧句子，一直等待开到荼蘼。

哪里还有什么“我欲与君相知，长命无绝衰！山无陵，江水为竭，冬雷阵阵，夏雨雪，天地合，乃敢与君绝”。想想也只是古人骗今人的鬼话罢了。《牡丹亭》也不过是汤显祖戏剧里唱了一句“良辰美景奈何天，赏心乐事谁家院”，杜姑娘就春心萌动了，受了“关关雎鸠，在河之洲；窈窕淑女，君子好逑”的蛊惑，便有了疯子一般的意淫，于是《游园惊梦》亦成了不衰的传奇。谁不为这姑娘的痴情打动，人生如梦，可是这折柳的公子又在哪里呢?

凄惶度日，眼看着又添新岁，你又在哪里呢?

算了，就这样老去吧。算了，就这样吧。

黑暗的夜空，月光温柔地洒在城墙根下，想听听这姑娘的心声：多想八百里战道，看你铮铮铁马，戎装英姿，带我奔走天涯。执我之手，敛我半世癫狂；吻我之眸，遮我半世流离；抚我之面，慰我半世哀伤；携我之心，融我半世冰霜；扶我之肩，驱我一世沉寂；唤我之心，掩我一生凌轹。

击鼓声镗镗震于耳旁，将士们奋勇演练着刀枪。土墙和漕城修筑正忙，唯有你随军远征到南方。

跟随子仲行旅奔波，平定（作乱的）陈、宋二国，回家的心愿得不到允可，心中郁郁忧愁不乐。

（你）身在何方，身处何地？马儿丢失在哪里？到哪里（才能）将它寻觅？到那（山间的）林泉之地。

月亮仿佛带到了你的声音：死生契阔，与子成悦；执子之手，与子偕老。抛下江山，丢掉前程，只为我而来。

这个冬天不太冷。于是，在有月亮的晚上，有个温暖的身影在慢慢靠近。爱，还有；冬，不冷。刚好，你来到；刚好，我遇见。年华如初，美丽如诗。在入画的岁月里，放浪清歌。愿风裁尘，遍布美好在红楼的旧阶新瓦。

听吧，那是新年的钟声。

刚好，你来到。刚好，我遇见。

2013.1.4。

爱你，一生一世！

横扫我心的，为何都是谜一样的男子

有人说：有两种男人容易被女人爱上，一种是深情的，另一种则是谜一样的。而我却深深陷入到了后者的沼泽地，无法自拔，欲罢不能。嬉笑癫狂，郁郁寡欢。

他，高大，外表冷峻，扑朔的眼神里似乎藏着不为人知的忧伤，狂浪，温暖，以及莫名的谦和。使人不由得走近，几欲解开其中的谜团。希望在有光的日子里可以看到彼岸花“迟日江山丽，春风花草香”。

希望总是美好的……

他，威武，沉默，不苟言笑。喜欢在半夜里做爱、打游戏，一句话不说。整个夜静得仿佛能吞没整个大地。他像一杯冰冻的卡布奇诺，夜晚口干舌燥时，想打开它，可是杯子太紧。

我，喜欢听帕格尼尼的小提琴，因为仅仅两根脆弱的琴弦就可以将整个人的思想谋杀。他则喜欢《我爱的女孩》，简单、粗暴、直接、明了，却在黑夜里哭泣。因为他的父亲在三年前的某天晚上一睡不起，不说再见地诀别。花一样的母亲从此精神失常。他拉着母亲四处游玩，打麻将、歌厅、旅游……却在新年的晚上乘着风城路，一路飙到长安区。寂寞可以谋杀一个青年男人的心。

无语问苍天，父亲会变成天上的某一个星宿吗？

他觉得从此没有了家，没有了安全感。凌乱的房间，半夜里他百无聊赖地打游戏，仿佛要等到天亮。天亮，是睡去的开始吗？床上温柔的女孩，抚摸着他接近冰凉而温暖的身体，想把自己的一切正能量狠狠传递。可是，可是……凉却的心能挽回吗？

暗夜里，女孩的眼角滑过一道湿润的河流。她并不知道，这条河流会不会“两山排闼送青来”，她默默地告诉自己：用生命来温暖。

她只是想让彼岸花早点风清月明，春暖花开。

谜一样的男子，也许解开了，也许就走了，也许会生死相随……

被黑色谋杀的空气里，都是陈奕迅的《我要稳稳的幸福》，此时你在哪儿呢？空灵的钥匙又放在谁的手上呢？

也许，我们都只是寂寞惯了的宠儿，谁都走不进谁的心……

可是，走进了又怎样呢？

好吧，那就在沼泽地舞一曲扑朔迷离的华尔兹吧。

假如爱有天意

这是什么年月呀？天空中为什么一直残留着两道长长的白色线条？是不是有了这样的结尾，故事就显得不那么凄凉了？是不是有了传说中的归宿，一切就都平和美好了呢？

此时的女子，已经过了35岁。

对一个女人来说，35岁已经到了半老徐娘的年纪。是不是已成昨日黄花了呢？她的神情愈加淡漠，没有人记得她曾经的理想就是做一朵兰花，如李白的诗“孤兰生幽园，众草共芜没”。做一朵淡泊高贵的兰，一朵普普通通、有人作伴的兰。

20岁的时候，她就想嫁人，从此相夫教子，天涯一生。

然而，命运有它既定的音弦：直到25岁，她遇见了他。

那时候，年轻漂亮的她真的很穷很穷，大学刚刚毕业，没有任何家庭背景，没有任何社会资助，没有任何渠道关系，甚至没有任何朋友。冥冥当中，她来到了这个陌生的城市，她不知道为什么。只是觉得仿佛有一种强大而坚不可摧的力量，总是无端地将自己与这座城市拉近，而这一切在那年刚刚开始……

那年，她只是一名小小的普通销售员。力量淡泊，道行清浅，战战兢兢，如履薄冰。她尽自己的能力将所有的事情做好。然而，社会像一个大染坊，见了无比干净的姑娘，总是像麦哲伦发现了新大陆一般，先是惊喜，然后强取，再加豪夺。

那时，她真的还没来得及准备，而这一切猝不及防！

一次晚宴上，她穿着惊艳无比，婀娜的身材，小麦色的皮肤，高挑的个子，看起来有点拉丁民族的感觉，真是羡煞了旁人。

他，已经38岁了。一个长相俊朗、端庄成熟的中年男子。在人群中，没有跟更多的人寒暄，只是端着一杯威士忌，透过玻璃杯看着这从天而降的小狐狸。

在场的人都被她这玲珑有致的身材、说不出来的气质吸引了。

在这热闹的背景里，她不知道将自己的步点置于何处。他走过来，给了她一只肩膀，什么也没说。

之后很久很久，他们再也没有见过面。

女孩的脑海中男子干净俊朗的容颜一直在徘徊。她始终无法忘记那深情的双目。

男子的眼帘里，她战战兢兢却坚毅的样子一直在闪烁。他再也忘不掉那隽永的明眸。

《圣经》里说，上帝在制造亚当的时候，给他一个夏娃。红楼里有潇湘馆的时候，怎么能缺少林妹妹呢？

女子，一个人去了丽江。

冬天的丽江显得已经不那么美了。萧瑟的晚上，只是在酒吧里一直有一个沙哑的声音在空气里飘荡。

一个人静静的，只有闹钟还在嘀嘀嗒嗒。她抱着那心爱的还没有学会的吉他，心中不停想他。鸟儿还在那枝头鸣叫。不知你是否感觉得到?你走后我的心不停加速地跳。愿风儿把那微笑带到你的怀抱，让一切一切的忧愁都望风而逃。

她真的到了思念成疾的病态。

假如爱有天意，我们还会相遇。

假如爱有天意，我们情定终身。

她将自己灌得醉醺醺的。来了一帮流氓正要挑衅。这时，他意外地出现了。他拉着她，紧紧的，跑得很远，很远……

他一句话也没说。只是将女子抱得紧紧的。

女子突然泪水成河。

男人，将自己的所有告诉了女子。他是一个上市公司的老板，有家室。

女子，将自己的所有给了男人。她不后悔。只要能爱着，在一起怎么了？不在一起又怎么了？

于是，他们开始了。

没有轰轰烈烈，只是平淡如水。

直到有一天，男子问女子：假如有一天，我一无所有了，你还会跟我在一起吗？

你在，就是我的所有。她说。

爱情给人带来的力量往往是出乎意料的。后来男子净身出户，用自己最后的钱买了一枚戒指，准备在圣诞夜送给她。

教堂里唱着《平安夜》。

女子的眼眸里划过刀光血影，男子在教堂门口意外出了车祸……

那年，女子25岁。最后的25岁。男子成了植物人。

看着外边的天空。时间过得真快呀，这一晃就10年了。女子有了自己的公司，很少有人见她笑过。只是病房里的点滴声一直在召唤已经48岁的男子。

假如爱有天意，你还记得海枯石烂吗？

假如爱有天意，亲爱的，你就应该醒来。

假如爱有天意，你怎么忍心让我继续凋零？

尽管，他已经变得苍老，老得看不到俊朗。

她，还在等。他，还在睡。

只是她依偎在他身旁，眼前幻化成一片美丽的挪威森林，也许，这一等就是一生。假如，爱真的有天意……

你若不来，我便苍老

又是一年，又是一年。你还不来？

这样的呐喊在胸口里已经幻化成平淡。在影影绰绰、热闹非凡的人群中，我极力睁大双眼：我不要三郎与玉环，因为那是皇家的盛宴；我不要明诚和清照，因为那是文人的琴瑟；我不要四少与静琬，因为那是烽火的肝胆。我知道，我深深知道，这些我也要不起，因为我只是一个平凡的女子。

青葱年少，花样年华，我懵懵懂懂，走近了，又走开。我以为那是爱情，呵，灯红酒绿，诗词歌赋，那不过是流氓最理所应当的幌子。

于是，年少的我们都相信了。这一相信，便猝不及防地一头栽进了文化的牢笼。我在自责，可能是我做得不够好吧，可能是我不够完美吧，可能是我不够优秀吧，可能是我不够温柔吧，可能是我不够一方天地吧，可能是我没有好的家世吧，可能……可能……可能我还配不上你吧。

东风和着眼泪，走过绵长的火车轨道，淡淡地说一声：再见了，我的青春！眼里含满了泪水，我却只当毒药下咽，我知道这是鼓励我快速成长的一剂良药。我—— 要—— 强大！

那年，我不再沾染男色，我孤灯清影，所有的动力都来自梦中的你。我从来不知道你长什么模样，可是我用纤纤素手一再将你描摹：给你一双眼、一张嘴，给你一口仙气，你便乘风而来。

我不近男色，我要把最好的留给你；我对别人没有好脾气，我要把最温柔的一面给你；我对别人处处设防，我要和你秉烛夜谈：亲爱的，你怎么来得这么晚呢？这么多年你去哪儿了？知道这日日夜夜我是怎么过来的吗？你又是怎么过来的呢？

人们都说都教授完美，可是我偏不喜欢。我想，我心里已经塞满了你——从未谋面、玉树临风、风流倜傥的人。我期待的最美方式是在人群中，你一个眼神便识得那个是我。

潮湿的青苔是不允许我这女子胡乱意淫的。你，真的存在吗？

夜色又起。

皇家园林里互相争宠的各个嫔妃，变成了幸福生活的广场大妈。看着看着，眼睛不禁湿润起来：火树银花不夜城，这么多年了，你在哪儿？

如今，我着装得体，面色冰冷，物质早已不是问题，可是你在哪儿呢？人们奉我为女神，事业也略显奇功。可是摸着渐渐老去的皮肤，我开始了无限的惶恐。我害怕自己慢慢变老的容颜会配不上你的深情款款；我害怕自己渐渐松散的皮肤会辜负你的明眸善睐；我害怕自己淡淡的瑕疵会错过你的慷慨出现。

可你真的存在吗?

安妮说：“柏拉图是一场华丽的自慰。我说它也把时间摔得粉碎。我努力在指缝里寻找聊以慰藉的信仰，到头来输给的只是时间。”

每天各大媒体报道着各种奇葩事件，我却只等待一个新闻，唯一的一个新闻：你在寻找自己上辈子失去的妻子。

夜色，还原了小市里的家长里短。我穿着华服在人群里流连，灯光里谁也看不清谁的模样。房子很大，我却迟迟不肯回家，因为那里只有皮肤对着皮肤的苍老、骨头对着骨头的寂寞。

你在哪儿呢?

一旁经过&你我不过是路人

还记得小狐狸和老王八的故事吗?

隆冬季节，我用漫不经心的态度，过随遇而安的生活。我想，在这干瘪的时代，已经不值得为任何人付出。冷漠，成了我这刚成年女子身上特有的符号。

可是，这一恪守就是5年。5年对于30岁以后的女人来说跟50年差不多；而对于20来岁的女子仿佛就是一世。

在这5年当中，我们遇见过各色人等，曾想找个玉树临风、风流倜傥的男子共度一生。然而荒芜的生涯里，只在剧本里撰写传世的爱情。

现实中讲究的是门当户对，讲究的是车子、房子和票子，讲究的是女人的色相如何出卖，讲究的是尔虞我诈的占有，讲究的是你的进门能给我带来多少好处。赤裸裸的欲望让善良的我们从此变了，变得都不讨自己喜欢，变得唯利是图，变得只残留下虚与委蛇，变得在深夜里埋头痛苦：为什么？为什么?

难道这就是成长的代价吗？呵，连爱情也成了奢侈品。于是，在冷漠的季节，我们一个人宁愿奔走天涯。

一个人去丽江。走在束河边上，想着千年美好的故事意淫，也只能意淫了。一个人横穿西藏，心里缠绵着《云水谣》的故事，哪里还有这么伟大的爱情？冈拉梅朵（藏语，雪莲花）又是唱给谁听的？

活着，仿佛是行尸走肉。我们再也不相信人间有爱情这回事儿了。冷漠与麻痹，性成了最大的快餐用品。似乎，活着只是为了活着。

时间真是巧妙的，让人为之动容。

于无声处，老王八闯进了小狐狸的生活。

刚开始，彼此怀有敌意，互相漠视，心有提防。都是极品男女，谁又在乎谁的感受？一个个像是受伤的刺猬，用厚厚的带针的壳子将自己紧紧包扎，仿佛触碰便会血流成河。谁都是冰冷的，好像东北的冬天，暮色霭霭，没有温度，连哈气都笼罩成冰雾。

老王八，不动声色。

小狐狸，冷漠依然。

只是两颗心的距离，在《滴答》的沙哑中相撞。我们都不曾想到，彼此会互相温暖，相见恨晚成了我们之间后悔的符号。然而，摆在面前的是，你为大叔，我为萝莉。

求求你，我的仲子，别翻越我家门户，别折了我种的杞树。哪是舍不得杞树啊，我是害怕父母。仲子你实在让我牵挂，但父母的话，也让我害怕。

求求你，我的仲子，别翻越我家围墙，别折了我种的绿桑。哪是舍不得桑树啊，我是害怕兄长。仲子你实在让我牵挂，但兄长的话，也让我害怕。

求求你，我的仲子，别越过我家菜园，别折了我种的青檀。哪是舍不得檀树啊，我是害怕邻人的毁谗。仲子你实在让我牵挂，但邻人的毁谗，也让我害怕。

一切的宿定，让小狐狸最终鼓起勇气弃天下、抛流言。她害怕一个人孤独得变老，她害怕一个人孤独死去，她害怕再也没有一个懂她的人出现了。

于是，那个冬天变暖了。

谁知，一如其他恋人，相识，相爱，缠绵，猜忌，争吵，冷战，分手。

小狐狸和老王八又回到各自的洞穴。

今年冬天：

小狐狸依然冷漠示人，每到深夜摸着自己的皮肤在无尽的思念中蚕食；老王八看尽了红尘滚滚，依旧一个人孤独地走南闯北，笑看云烟。

偌大的人群中，走过。你不认识我，我不认识你。

我们不过是路人，我们不过是沧海一粟。

我是午夜飘零的女子，任风载舵

我不知道这冰凉的气息会感染到谁？
只是一卷残叶将我越带越远，
越带越远……

漫无边际的黑夜，会谋杀整个人的思维。寂寞的空气里，漂浮着孤独到绝望的影子。CD里是打孔的帕格尼尼。

我不知道自己想要什么。

或许，只是片刻的安宁。

不知道为什么，朋友越来越少，能走近的人也越来越少。像是百慕大的死穴，竟然没有过客敢轻易触碰。

我喜欢夜里的猫叫，更喜欢将猫看成舍利的化身。我宁愿喝一杯德国啤酒，跟这缱绻的老猫一起病怏怏地死去。

安妮的《彼岸花》仍然在床边放着，不敢轻易触碰。因为是同样的凛冽。

这世间的尔虞我诈，好像不适合这女子的风情：母亲责怪她大学毕业后，几年来没有赚多少钱。依照她的智商，现如今应该是个富婆。父亲苛责她笨拙，没有男人喜欢。所有亲戚的苗头对准她：不孝道。

她苦涩地笑了笑。假如有一天我悄然离开这个世界，是否有人会为我祭奠？

她问过很多人同样的问题。

只有一个身材略胖、眼里有着温暖的导演说：我会难过的……

墓穴里，一个个死去的灵魂，在秋风里放歌。

我比寂寞更寂寞。

所有人都睡去了，只有微弱的灯光在尘埃里漂浮。生养的各种植物，鉴定了她年轻而苍老的心。要的不是美观，也许仅仅是生命的呼吸。

人们说，细胞是会模仿主人的。连这些花花草草竟都是寂寞的气息。

每个人的一生都会遇见很多人。每一个女人都会遇见很多个男人，况且是她这样的女子。可是，这些面庞竟越来越模糊，只有零星的名字在记忆里微弱漂浮。

呵，真是红尘多可笑，痴情最无聊。

深蓝色丝绸般的冰凉被罩，像是打入冷宫嫔妃的行头。罢了，罢了。看云卷云舒，花开花落吧。

快到凌晨了，她想念一个人，无比的想念。

可是，怎么也无法拿起沉重的电话。

不知道为什么，眼泪竟兀自流下：

满院的花香，只能限于想象
窗外的月光，怎能体会烛光
被笼罩困住的忧伤
时间的风霜，堆成了桥梁
搭在湖面上，通向你的身旁
看到你转身的摸样
你未说出口的心房，却有着默契的方向
一句我爱你的重量，却让彼此显的彷徨
我卸下胭脂红妆，勇敢和你奔向远方
深深藏心底的欲望，也许你我都无法阻挡
我卸下胭脂红妆，泪如烟雨江南起航
一幅墨色未干的纸张，写着永世难忘的沧桑
我卸下胭脂红妆，勇敢和你奔向远方
深深藏心底的欲望，也许你我都无法阻挡
我卸下胭脂红妆，泪如烟雨江南起航
一幅墨色未干的纸张，写着永世难忘的沧桑

他们都说，你老了

偶尔清洁用过的梳子，留下了时光的线条。记忆像一根细细的玻璃丝，总会将人拉回记忆的牢笼。也许，还是单着的缘故。重复的画面会循环播放，泪流满面，直到焦头烂额，沉沉睡去。可睡去，连梦里都是你扑朔迷离的影子。

人们说每个人的相遇，都是前世未尽的缘分。

好几年了，总想拿起笔写一封久违的问候信，害怕又期望。在游离的神思里，下雨天总能搅动泪腺的分泌。所有人都以为我冷面，所有人都以为我有距离感。多想回到从前，简简单单，像两只快乐的麻雀。

一直有一种冥冥的情愫：在冰冷的古墓里，来个琴箫合奏，弹一曲笑傲江湖。世间多烦扰，我们就躲在里面，好不快活啊。

想象的情景，像是老祖宗泼墨画里的逍遥。

你走了，像是人间蒸发，不留一点儿残渣。没有人知道你的去向，像是我们之间从来都是风平浪静。

冬天。平安夜。紫色。瓦蓝色的羽绒袍子。

冰冷的公寓，住了新人。

坚强的面孔被泪水霸占。想学孟姜女千里寻夫，可是长城哭倒了，你会在山脚下出现吗？不要怪我胡思乱想，我害怕的是白骨累累。

昨夜西风凋碧树。独上高楼，望尽天涯路。欲寄彩笺兼尺素。山长水阔知何处。

连微笑都是被眼泪熏染过的。有人说：男人有爱情，女人没有。我笑了笑。那么五年了，算什么？

天高云淡，人活着仿佛捕风捉影。你的故事在哪里生根发芽了？听他们说，你老了。

泪水打成了花圈儿。亲爱的，你已结婚生子了吗？你是否还会偶尔记起泛黄的情书？是否还会在某个不经意间记起那位羞涩的姑娘？

有人当真，有人欺骗。

骗了也好，总好过没有故事的苍白。可他们说你老了，我便心疼：照顾好自己。茶凉了，有人给你沏。但愿你的世界都好，像那女子从没来过一样。

枯藤老树昏鸦，小桥流水人家，古道西风瘦马。夕阳西下，断肠人在天涯。

亲爱的，不要忧虑，不要担心。麻雀不种不收，尚可得以饱足，快活。何况我们呢？亲爱的，你要高兴，你要喜乐。从明天起关心粮食和蔬菜，面朝大海，春暖花开。

风花雪月，是给你增添白发的魔膏吗？倘若如此，就忘了吧。

不要在梦里记起那位女子，不要在孤独的时候想起她，不要让曾经的曾经打翻你现在的宁静。

听他们说，你老了。

当我想起你的微笑，无意重读那年的情书。时光悠悠，青春渐老，回不去的那段相知相许美好，都在发黄的信纸上闪耀。那是青春，诗句的记号，莫怪读了心还会跳。你是否也还记得那一段美好？

此情可待成追忆？只是当时已惘然。忘了，也好。

听别人说，你老了。

好像，我也老了。便纵有千种风情，更与何人说？

她说，爱恋

每到深秋季节，东方情人节刚过，男男女女像是进入了某个高潮期，总是一窝蜂地恋爱，然后各种理由，散落天涯。

人们一直善于给自己贴上高尚的标签，就如罂粟明明有毒，可是外表的惊艳让多少人流连忘返，欲罢不能。

上帝给予人的七情六欲是好的，也是坏的。世界因此热闹起来；世界也因此发生了各种战争。

我记得，有位作家说过："世界的战争，大多都是权力、金钱、女人的争夺战。"

在锦瑟年华的时候，我们常常问自己：为何将生活血染疆场？为何女人也成了交易的品种？为何金钱总是在感情上蒙上一层华丽的面纱？为何权力之下出奴役？

似乎，每个人提起"出淤泥而不染，濯清涟而不妖"，总是倾情而上。我一直在侃侃而谈，从少女初世，一直到了人们所说的第一个更年期。大约算七八年了，"江南可采莲，莲叶何田田”这样富饶优美的诗情画意，在一个成年女子的脑海中千回百转。她总在想，上帝不会薄待这么动情而虔诚的女子。

于是，她在合适的年龄爱上了在当时看来梦幻的一位男子。

“春花秋月何时了，往事知多少？小楼昨夜又东风，故国不堪回首明月中。”这是南唐后主李煜直教人心肠断的诗句，不知道的人以为这羽扇纶巾的帝王在思念自己的国土。说是国土，实则思人。那里有自己的大小娥皇，那里有自己深爱的姑娘。

诗书当中，总是将这些颜如玉以最美的姿态捧给这多情而深厚的中国学子。

那时，呆呆地、痴痴地看着这儿郎，便是希望，便是光，便是霓虹。轻易地将自己交付于天地。

那时，真是一场盛开的花宴。

什么是现实？

现实，就是这男子已经叱咤江湖，从此风云突变。他给她编了一个美丽而遥远的梦。她，痴痴地信了。那年，她真的还很年轻。

时间是最好的雕刻。

这女子，一直在追求自己的梦，跌倒过，爬起，再跌倒，再爬起。生活，像是在无休止设障，当如跨栏，人们都喜欢看这项体育赛事，归根究底，是它已经将生活很好地阐述。

一个个梦想逐渐被破灭、毁坏。她渴望重塑。可是，过去了就是过去了。生命赋予的人性在天地万物当中盘旋，萦绕。

山盟海誓，在这样的心理面前，已经面目全非。

一个女子，只有在自己心爱的男子面前，才会当牛做马。在自己不爱的男子面前，饭来张口，衣来伸手，真的是大小姐的做派。

有人说，一个女人还在爱着一个男人的时候，总是被情感缠绕，剪不断，理还乱。思念，总是在午夜无端加促。

是这样的。

感情，来如猛虎，去如绵羊。

她，已经不再相信单纯的男欢女爱，似乎成年女子俗透了的品格，任何人都逃不了。或者说，色本来就是空。

于是，在朗朗月空之下，电视塔转动着自己的歌声，冥冥当中自有天意。一只美丽而硕大的浅绿色文字，煽动着自己美丽俊俏的翅膀，在这女子眼角的清泪里，婀娜地跳了一曲优美的华尔兹。

何必恋爱?

这样的夜，不是很美吗?

淡泊已经在她额头雕刻着故事的年轮。

所谓爱人

习惯性用幻觉麻痹自己，也许是文字，也许是影像。

时过境迁，往事流年。模糊的记忆照清楚惨淡的关系。好像不存在无缘无故的爱吧，好像不存在没有条件的婚姻吧。企图逃避这些肮脏的条件，可是总被条件套牢。无可奈何，郁郁寡欢。

剩男剩女的哀怨，只是不想让心中仅存的希望幻灭。

每个人心中都有一幅美好的画卷，每个人心中都有一句纯洁的诗词，每个人心中都有一位善良美丽的姑娘，每个人心中都住着一位坚毅俊朗的男子。

好像从来都不愿将诗经怯生生打翻，好像从来都不愿元曲毁灭。

在这个世界上爱与性早已不稀罕，稀罕的是了解。可荒唐的时候，连自己都不了解自己，何况是别人呢？

微信、QQ、陌陌，这些通讯工具的流行，让人企图逃离麻木的现实，活动活动血管。科技的发达造就人性的赤裸裸。也许陌生人对陌生人才会狠起来，也许性与性的冲击才会在最原始的欲望下迷失且清醒。此时绵绵彼时恨，早已不是千百年前的恩怨戏码了。

有时候连自己都笑“情侣”这个词儿够邪恶的。呵，感情上的伴侣，也可以解释为情欲上的伴侣吧，这是时代特有的诠释。良家女子可能因为洁身自好而长期单身，真是苦了姑娘。可随之而来的又送你一个词儿——“不解风情”。

算了，见好就收，有个人能过日子就行。

你住口。爱情远了，爱人更远了。

爱人，是无所谓条件，无所谓付出，无所谓牺牲，无所谓回报的。与爱有关，与其他无染。

“备胎”怂恿你孤独终老

——谈悲凉的剩男剩女

是什么让我们“无端”剩下？是什么让我们孤单飘泊？是什么让我们尔虞我诈？是什么让我们机关算尽？是什么让我们胆战心惊？是什么让我们心力交瘁？是什么让我们良女变荡妇？是什么让我们好男成嫖客？

一切的哀诉，让我们所谓的剩男剩女有种无力回天的挫败感。是什么让我们进入到一种狰狞的怪圈呢？

本来“男大当婚，女大当嫁”只是一种稀松平常的现象，而今却似乎难于上青天。女人们轮番换男友，男人更是一天换几个女友。“性上瘾”让人觉得又倒胃口又悲凉。

中国男女之间不知道从什么时候起，便有着不可调和的“矛盾”，于是，“剩男剩女”的思潮滚滚而来。

那么何谓“剩男”？答曰：系指过了35岁，尚未结过婚的男性。

何谓“剩女”？答曰：系指过了28岁，尚未结过婚的女性。

曾谈过恋爱，却依然单身的剩男剩女，有以下几种情况：

1.高低不就型.。这种人，自身条件通常都不错，因此也不允许自己的另一半有瑕疵。

2.命运捉弄型。这种人，要么人家喜欢你，你不喜欢人家；要么你喜欢人家，人家不喜欢你。不是驴不走，就是磨不转。

3.遇人不淑型。可怜的你谈情色变，只好任青春年华悄悄流逝。

未谈过恋爱的剩男剩女，有以下几种情况：

1.长不大型。你属于家里的保护动物，没觉得有对另一半的需求。等到某天突然发现，身边的朋友都已成双入对，然为时已晚，已成剩男剩女。

2.恐婚型。这样的人性格偏内向，跟陌生人说话都脸红。经常担心结婚后对方不再爱自己了。

3.事业型。 这种人事业心特强，年轻的时候把时间都扑在工作或学习上，等事业成功了，人也剩下了。

好像就这么几条。

有人说，那我们这些剩男剩女该如何脱单呢?

且慢，操之过急并不是什么好事。

“剩男剩女”之间“激烈”的角逐实际是畸形社会经济的一种映射。

记得韩寒在《我的祖国》里有段文字：“我的祖国已经越来越显现出浮躁、狂热、悲哀、迷茫的气息。”经营感情是需要时间和耐心的，最重要的是要有正确的价值观，而这个社会所表现出来的浮躁与狂热、悲哀与迷茫却是感情基础的杀手。浮躁是社会在财富的迅速积累下糜烂与堕落；狂热是富人们肆无忌惮的忘乎所以，所有中国人都在争骗抢夺，生怕自己被别人挤下去；悲哀是青年人的思想在社会的约束中扼杀，中年人的幸福被居高不下的房价击碎，老年人的健康被日益污染的环境毁灭；迷茫是学术界的一潭死水，文化界的死水一潭，娱乐界本着娱乐至死的精神，麻痹所有还有一丝想要抗争与改变的人们……”

每天的社会焦点都是争房子、抢财产、哪里腐败了、谁有二奶了、她是小三了、哪里内幕交易啊之类的。这时会有很多人说，这有什么不对啊，这个社会就是这样的。所以在感情责任越来越缺失的环境下，最终导致男女之间的不信任。

另外，社会的恶性竞争导致了工作岗位的频繁调动和失业，高房价导致了居无定所，增加了年轻男女对未来生活的不安全感。

感情不敢相信、生活不安全，但女人总归要嫁人的。最后女人只有选择可靠的男人，看清楚，是可靠，不是最爱的，所以感情基础相对差些，经济实力要相对好些。一般来讲，一个男人要不借助家底就能把“衣食住行”的压力变小是比较难的，尤其在目前的中国，通常等男人具备这些能力后也快30了，大多都过了30，与之相对年龄段的的女人也就剩下了。这也是女人会比较现实的原因。

这种情况在发达国家比较少见。在国外，只要你有份工作，基本上一家人的开销都应该没问题，子女教育、医疗、住房等国家都帮你解决（发达国家的福利）。这导致了发达国家的女人嫁男人更看重感情，因为生活压力不是很大，没必要为了那点物质享受去找个不太爱的男人。

但无论是否被剩下，婚姻都是不可逃避的，立志单身的人是不太可行的。

好了，各位，且行且珍惜吧。

秋凉的晚上，你还在自慰吗？

孤灯清影的晚上，“世纪佳缘”里你在浏览谁？谁又在浏览你呢？

青春别宴

再有几天就立冬了。信写好一封寄往不知去所的文字，夹在寒衣里。一个人开着保时捷，穿过乡村的小路，来到他安息的地方。秋雨刚过，泥泞的道路被几根酸枣刺儿深深地划过。

风卷起，沙尘里伴随着细细的哀鸣。

信静静地站在他的墓碑前，没有说话。手里却紧紧握着寒衣里的那封信。

长青：

过得怎么样？我们分开快两年了。而我不曾一天忘记你。人们说反复回忆会让一个人、一件事儿刻骨铭心。我一直不太清楚，我们是什么缘分？孽缘，还是虐缘？我写过很多文字，就像你说的，生活中我是一个极其天真的女人，甚至是90后的手下败将。我恨过这个世界，我也恨过你，是你亲手毁了我最后的感情，从你之后，我再不相信爱情。

很早就告诉过你，我很难对一个人上心。可是，一旦走进心里，很多年都忘不了，可能这就是所谓的痴情吧。可是，你却骗了我，狠狠地骗了我。

当然，你也用恶毒、刺伤尊严的话语羞辱过我。我不介意，因为我觉得每个人都挺可怜的，包括你我。你想知道我为何对你用情至深？因为我在你身上仿佛看到了自己。人们常说上辈子的恩怨，今生会还的，呵呵，我一直在想，我们上辈子是什么关系呢？

多说无益，我们都是孤独的人吧。即使有了另一半，又能怎样呢？

长青，直到现在，我也承认，我还是爱着你。你跟你妻子离婚，我一直很内疚，也深深自责。

我一直觉得人生挺悲凉的，在没有经济物质能力的时候，我们真心爱着某人，可是有经济能力的时候，却没有了爱的能力。以前听人说谁谁爱无能，今天却摊到自己身上了。

希望我们化干戈为玉帛，我欣赏你的才华，享受你的爷们，喜欢你的精致，但我们却不能在一起。生命的色彩，就是这么奇妙。或许，我一直会将你藏在心底，直到，直到我死去吧。

长青，保重吧。

你的信

这是信写给长青的最后一封信。长青就是她曾经最爱的那个人。

他死了，死于艾滋病，是被信的一个发小感染的。信的发小叫染。染从小相貌平平，成绩一般，在青岛上了四年自考大学。毕业后染回到西安，由于找不到工作，日渐颓靡，最后在网络上做起了“小姐”。

那年，信刚刚毕业，在一家报社里做人物专访。信天生气质出众，也很有才华，周围的男子无不拜倒在她的石榴裙下。可是信不为所动。

日子一天天度过。直到一次周末，染约几个发小去见自己的“男友”。

朋友有男友，信当然欢喜了。这时的秋天像是被梅雨染过的季节一样。好像女子们都应该有个温暖的归宿。

约在香辣虾店。

终于，染的男友来了，个头不高，相貌平平。大家就此坐下聊天。

开始的时候，信和染的男友长青一直对着干。两个有才华的人碰到一起难免较真，熟悉之后却发觉志趣相投，于是相聊甚欢，也叫不打不相识吧。

一次“愉快”的晚餐结束了。

信是极其敏感的女孩。慢慢地，她感觉到长青对自己有了好感。之后的几次晚餐。长青每次都让染必须叫上信。

终于有一次，因为染有事儿，长青就带信参加了哥们女朋友的生日宴。生日宴会上，信魅力无限，但和长青始终保持着距离。宴会到一半。长青哭了……

长青的好友乔哥劝信要对长青好点儿，说长青是个好男人。

信是既理性又感性的女子。长青的深情打动了信。

黑色的夜，只有长青温暖的呼吸。

信沉默着。战战兢兢。

“为什么不说话？”

“我只想安静地躺着。像四少和静琬……你明白天丽开花吗？”

“什么？”

“我喜欢英雄。”

“戏剧里的爱情，并不现实。”

“我喜欢白流苏和范柳元，喜欢烽火连天的爱情。”

“你喜欢活在自己的世界当中？”

“不，我只想找到一个英雄。”

“你让我想起泰戈尔的一句诗：在人生尘土飞扬的道路上，我失落了我的心，你却将它捡起。”

自此以后，信认为他们“深深”地相爱了。

“嘀嗒，嘀嗒……”时间在残忍地进行着倒计时，已经下午三点多了，正在接受子宫综合治疗的信，像疯了一样迅速拔掉自己正在注射的点滴，拔掉所有的仪器，冲出了医院。

信拖着自己还未痊愈的身体，站在冰冷的风中，想赶快拦截一辆出租车回到自己的出租房。闺蜜小范告诉她“长青今晚跟一个小姐……”

信在大街上一直走着，却打不到车。神经出现了幻觉，似乎所有车辆里探出来的头颅都在狠狠嘲笑自己，信奄奄地蹲在了马路中间。

“这姑娘没事吧？”

“这姑娘，神经了吧！”

“呦，这妞还真不错！”

……

终于，来了辆摩托车，信几乎是哭着说：“大哥，求求你，带我去曲江澜山，我给你双倍的价钱。”

摩托车上的大哥看着这可怜的女子：“这么大冷的天赶紧上来吧。”

信坐着摩托车，头皮冷到发麻，她把长青送自己的红色围巾裹在了头上。于是街上一道异类风景急躁地消失在了人群当中……

天色已经完全黑了，信拼命地给长青打电话，始终无人接听。

信落寞了，信笑了。

几天前，信本来买了两张去云南的票。说好的一起去。信将一张票狠狠地撕碎，碎片随风消散。

信，没有回自己的出租房，而是一个人去了云南……

一直到次年的三月份，信的妇科病已经完全好了。只是听说长青又跟染“在一起”了。

旁边的蝴蝶兰，正努力开放着美丽的花朵。信打开CD，那是长青第一次见面送的。里面播放着《到不了》：“你眼睛会笑，弯成一条桥/终点却是我永远到不了/感觉你来到，是风的呼啸/思念像苦药，竟如此难熬……”

信，一杯一杯喝着冰镇的卡布奇诺，闭着眼睛，跳起了一个人的舞蹈。

两个月后，信的朋友染死于艾滋病。而不久长青也去世了。说是也感染了艾滋，对生活无望自杀了。

现在的信开上了保时捷，住上了别墅，可仍是孤身一人。每当午夜梦回的时候，眼前总会浮现长青带着温柔的脸庞，心也还是会隐隐作痛。

你的青春干了什么？

爱了一个不该爱的人，谈了一场“扭曲”的恋爱。

你后悔过吗？

没有。只是内心的丰盛让我猝不及防……

虐缘也好，孽缘也罢。就这样，乘风而过。一阵狂风暴雨过后，不再年轻的信的眼睛更加坚毅而柔软。

她终于种出了天丽，可是秋冬了，即将死掉。

82秒 · 28年【漫谈时光】

那年，我们还在追逐。

如今，我们见好就收。

安妮说：柏拉图是一场华丽的自慰。

我说：它也把时间摔得粉碎。我们努力在指缝间寻找聊以慰藉的信仰，到头来却输给了时间。

幻觉啊

诸子百家中曾经有一位狂人一不小心口吐“北冥有鱼，其名为鲲。鲲之大，不知其几千里也。化而为鸟，其名为鹏。鹏之背，不知其几千里也；怒而飞，其翼若垂天之云。是鸟也，海运则将徙于南冥。南冥者，天池也”。

此人正是庄子。这位楚庄王后裔何等风流洒脱，有着“至人无已，神人无功，圣人无名”的物我合一人生的境界。与李太白的“我本楚狂人，纵歌笑孔丘”比起来，真是有过之而无不及。

于是，大唐的李商隐也不吝啬自己的赞美之词“庄生晓梦迷蝴蝶，望帝春心托杜鹃”，以留恋庄生和望帝的缱绻混沌、迷离奇幻。

然而，爱情啊，难免“沧海月明珠有泪，蓝田日暖玉生烟”。大海里明月的影子像是眼泪化成的珍珠，只有在彼时彼地的蓝田才能生成犹如生烟似的良玉。

自古诗人多悲情吧。

斗转星移，我们正是风华月貌的时候，似乎一切美的事物都不该错过。

然而，估计是“时代太好了”。

作为女子，我们经过一次又一次的创伤，不得不心已成伤，谁还敢谈一次地老天荒的恋爱？谁还敢奢望“君当作磐石，妾当作蒲苇，蒲苇纫如丝，磐石无转移”。

爱情，大多只落得个“此情可待成追忆，只是当时已惘然”，自顾自眼泪成诗。

这年头所谓的爱情，对于女人来说，无非就是让自己变得更美，变得更瘦。住豪宅，开好车，左手一个LV，右手一个爱马仕。美丽的背后是血粼粼的刀光剑影。对于男人，爱情又是什么呢？

现实呐。

不得不让我们这帮热血青年再次审视“爱情”？

真正的爱情，不要再说“两情若是久长时，又岂在朝朝暮暮？”其实，我们真的要的并不多，只是一句愿意相守的誓言。

亲爱的，人世的流言，谁爱谁评断。生死有何难，谁都别来管；若是没有你，我苟延残喘。

何不效仿李太白？何不学学庄生迷离糊涂且世事洞明。

年轻的爱情，只能这样说说了。

怕是元好问的魂魄来到现世，也只能托着庄仙人的体魄：“问世间情为何物？直教人生死相许。”

闻君有两意，故来相决绝

“你在干吗？”

“亲爱的，我在开会，待会给你回过去。”

哼，凌晨了，凌晨了。

眼泪像断了线的珠子穿着故事，在脑海中闪念，再闪念。人生若只如初见，大家都不互相暴露，或者只表现得像个人，而不是将心中的魔鬼引火烧身。

那晚，他没回来，电话也没有打过来。

她走了，什么都没带，只带走曾经凌乱的记忆。“闻君有两意，故来相决绝。”

也许，这样的女子会吃亏。还是曹雪芹说得好：“若说没奇缘，今生偏又遇着他；若说有奇缘，如何心事终虚话？”

男女关系在这个时代像一个虚幻的泡影，很少有人能接受你的乏味、你的无聊，呵，还有你的专一。人们说社会的诱惑太多，我说这是禅定不够。

真的可怜。不知道大家是被时代洗了脑，还是被成长扒光了衣服，一个个都在举着大旗，高呼：“我要寻找真爱。”爱情这事儿，也许到我们这里，再也不用“只愿君心似我心，定不负相思意”了。

也许分开也是好的，毕竟“得不到的永远在骚动，被偏爱的都有恃无恐”。

她只记得，那天晚上，天凄冷无比。

她，做了一个梦，自己的小学同桌依旧在火车站旁边站着等她，依然是那个桀骜不驯的清朗少年。

“就这样吧，从此山水不相逢。”

到了最后，曾经的恋人似乎连陌路人都不如。真是“落花人独立，微雨燕双飞”。人来人往，我们再也找不到当时的温暖，只是记得当初的缠绵和暧昧的呼吸，可今晚他又在哪里寻花问柳呢？

“举杯独醉，饮罢飞雪，茫然又一年岁。”穿过人海茫茫，也许再也不想寻找你的脚印，只是跟着回忆浅尝辄止。

听说，她走后，他夜夜醉生梦死。回到家里，却再也找不到她……

这又是何必呢？

她一个人过得很充实，从此只愿得一心人，白头不相离。

再过三五年

“我代替不了任何人，那样的感情，像偷、像抢。我这辈子啊，恐怕做不了任何人。”“尽快买机票离开上海，我想很快就会忘了他。”

人的感情像禁锢的橡皮泥，生动而顽固。

我想过“放弃”，却总是被“放弃”折磨着。

也许像风月场上的女子倒也是挺好的。

人们都说时间能洗礼一切，可对有些人来说，时间让某个人更加深刻。

一直都是这一个人，内心深处只容得下这一个人，而见了面却又表达不出。缘分？命运？多么深邃的字眼，我不敢相信……

整整三年，始终记得他的好，典雅、绅士、深情。

可是，他的脸庞越来越模糊，像消散在尘埃里的秘密。不敢与之见面，害怕尴尬。时间的闹钟，什么时候会再次响起？心思细腻的人，弹着钢琴，望着天空：到底这情是真是假呢？婚礼是否又能最终解决问题？

再过三五年，他会有白头发吗？

再过三五年，谁还会记得谁？柴米油盐，丧尽的不是一个人的内心，而是激情。

再过三五年，愿你安好。

我，也好。

女子二十四五岁

我宁愿“君子于役，不知其期”。

有些人来了又去。

有些事儿去了又来。

我不知道大洋彼岸的今天发生着什么。

普罗旺斯的薰衣草依旧绚烂吗?

埃菲尔铁塔，是否正在上演着“我生君未生，君生我已老”的惆怅呢?

秋天，连绵的细雨在述说着无尽的往事。

那年，我们二十四五岁。

不再有小女孩“任性”的理由，因为你已成人。自大学毕业，我们就是一个独立承担家庭和社会责任的女子。尽管如此，我们依旧在人民剧院里欣赏着安妮小说改编的《七月与安生》。一个人陶醉，一个人狂妄，一个人哭泣，我们在挣扎，我们在向所有的人宣告自己未被泯灭的理想。我们依然有着孩子般的天真，我们像牵牛花那样野，疯狂而安静地生长……

那年，我们二十四五岁。

不再有十八九岁的凛冽与奔放。忽然，我们开始不苟言笑，像是幽谷中的“天丽”，微微露出笑靥，仿佛一座古老而蜿蜒的木桥。我们似乎含蓄了，只是愿意一个人躲在被窝里偷偷抽泣，一个人深夜去酒吧，打开威士忌，观看调酒师的表演。笑一笑，哭一哭，一个人在幽暗的聚光灯下杂耍着自己的青春。

那年，我们二十四五岁。

不再有校园恋歌的无邪。我们很冷，需要怀抱，需要一个可以停靠的港湾。我们累了，面对恋人，我们很少撒娇，不是没有资本，只是不再那么矫情、刻意虚荣。面对爱情，我们更懂得宽容、理解和忍让。不是失去了脾性，生活让我们更加慈淡定释怀，或许到了该做母亲的年龄……

那年，我们二十四五岁。

不再是做梦的年龄了。哪个少女不怀春？哪个青春没梦想？少年时节，我向往项羽“力拔山兮气盖世”的英雄气概，更加艳羡虞姬的“虞兮虞兮奈若何”。如此温情，这般坦荡。

那年，我们在追逐。

如今，见好就收。

社会如此骄纵，在我们这个年龄远远没有少妇的欲望。只是为了表现得不那么讨厌，逆风而上。我们不需要过多的讨男人欢心的伎俩，只是想坦坦荡荡，获得一点点的温存。

乱爱年代，又何必苛求？

曾经的山盟海誓怎可比得古人的“拣尽寒枝不肯息”。

天空，蓝得寂寞。

我们嘘眯着眼睛，望了又望，一滴豆大的眼泪终于落了下来：

那年，女子二十四五岁！

所有的，我们的前任

前任，可以当名词，亦可以用作介词。

不知道从什么时候起，我们已经习惯了“前任”这个词，也淡忘了是什么时候开始接受这个字眼。

历史总会无端嘲讽当代狂妄的人类。新潮摆脱不了缘分的愚弄。走过一圈，我们总会找一个并不合适的人在合适的年龄和合适的场景，办一场合适的婚礼，还忘不了摆上一桌，请来所有前任。

走进婚礼的神圣殿堂，迈开步伐的时候，还不忘昨夜夜场的深切感觉。

手挽手，夫妻二人和谐。共谱《致前任》：

当代是自由恋爱

也是自由选择的时代

人生的轨迹会因为任何人而改变

要不是遇到了你们

我怎么会认识他/她

能让我们的前女友和前男友

来见证我们的婚礼

那我们的爱情是多么的无所畏惧

没爱过几个人渣，哪会真心爱上他/她

感谢你们为我们做了通往幸福的

引路者和垫脚石

多么无聊而扯淡的自嘲。呵，不知道是在笑话别人的愚昧，还是在讽刺我们的风尘。“前任”这个词，已经赤裸裸地践踏到我们的感情当中，连性关系等一列本属私密的男女行为，已经变成了某些人毫不避讳的公共语言。

是我们落伍了，还是时代在张牙舞爪？

走进超市，连卖避孕套的商家也在大张旗鼓地搞促销活动，而来来往往的男女似乎已经理所应当，见怪不怪。

前任，以前羞于出口的词儿，竟成了你我口中炫耀而时髦的流行语。

人类在脱去蛮夷桎梏的同时，也在向蛮夷缴械投降。四通八达的网络工具，给卑鄙下流提供了更加广阔的土壤，泛黄的思想已然成灾。于是，前任们百花齐放，百家争鸣。

难道“前任”不应该成为我们的墓志铭吗？

千山暮雪，只影为谁去

向来觉得爱情可遇而不可求。随着年岁的增长，慢慢明白了诗经中所阐述的“死生契阔，与子成悦；执子之手，与子偕老”。流经岁月，作为女子，最平凡的女子，我们读到的往往是荒凉与沧桑，麻木与迟钝。在豆蔻年华，我们看着喜结良缘便有着由衷的欢喜，我们相信才子一定是佳人的，可是许多事情非得自己经历方能体会……

从古到今，男人的江湖是战场，女人的江湖便是男人。能遇见一个美妙的男子，情投意合，相敬如宾，然后一起慢慢变老，那是多少女子所期待的啊！

时至今日，有许多姐妹高调站出来，宣称宁愿坐在宝马车里流眼泪。这明晃晃的誓言，遭到男女的一致唾骂与鄙视。可是许多事情存在必然有道理，谁不愿家里有个相濡以沫、疼自己的丈夫呢？

我们还在相信爱情的时候，那一定是天丽绽放的时刻，匪我思存在《来不及说我爱你》中给我们描述了这样的对话：

“你叫什么名字？”

“我姓陆，陆子健。”

“真巧，我姓伍，伍子胥。”

“看来我们真是宿缘不浅，三生修得同船渡！”

以这样的认识作为开场白，达到了步调一致的默契。假如两个人文化不相当，审美不统一，情趣不和谐，那么这样的邂逅也只能是天方夜谭。要不然，来去匆匆的数万人，我怎么会记住你，你怎么又会从此想念我，一发不可收拾！

这就是爱情吗？

不，这仅仅是拉开了序幕！

一旦开始了，也便如长河，可能断流，从此平静；可能经历千山万水，最终为夷！

在中国这个古老的国度，好像只有增添惊险的惶惶，才能称为爱情。在烽火连天、硝烟炮火中，静婉义无反顾地给四少挡了一枪，她觉得是那么理所当然！

静婉昏迷未醒，四少看着她怜惜得独说独念了，而如此的男人貌似不可能这样婆娘，可是在自己心爱的人面前，一切华丽的外裳都褪去了，只有赤裸裸的爱意。四少心碎了，也疑惑了：“静婉，从乌池到承洲，那么那么远，为什么你会闯进我的生活？这么漫长的二十几年的时间，为什么独独你会在这个时候出现？还有那么那么多人都在宴会厅前，为什么独独你会替我挡着这一枪？静婉，你相信命吗？我以前不信，但经过这么多因缘际会之后，现在，我有点信了！”

也许这才是爱情。烽火连天，战事不断，两个没有一丁点儿关系的人相遇了，并且擦出了火花，是惺惺相惜的火花！一个女人只有在自己爱的男人面前才会表现得异常坚强与勇敢，即使平时是那么温婉柔弱！而这样的举动，男人也许会明白，也许永远不会！

女人，在面对自己的江湖时，一切凛然的精神会让人瞠目结舌。静婉生在旧社会，女子的忠贞被世俗上了紧紧的镣铐，可是谁能说这样她就怯懦了。经过复杂的思想斗争，最终义无反顾地选择了自己挚爱的人！

四少惊愕：“静婉，你不是本来要嫁给许建章的吗？怎么突然又到这边来了？”

“我本来，本来是要嫁给许建章的，过一辈子平平静静的生活。可是，你为什么出现了？为什么说爱我？你彻底搅乱了我的心，让我失去了理智！”

原来爱情可以这么神奇！

“天丽竟然开花了？”

“那时候我就在想是不是冥冥中自有什么天意。”

可是，爱要经过奇峰险水，烽火连天，有时两个人最终抵不过历史的洪流。任你再强！承军退败，四少“惨亡”，静婉的天塌下来了。可是她看到了丈夫的英魂“一定要活下去，快乐地活下去！”

造化弄人。7年后，一次纪录影片，又将四少拉进了静婉的生活。女人一旦有了心爱的男人，人也鲜活了很多，静婉又找到了四少……

生活很幽默，爱情很戏剧，四少已是“四傻”了。

“大姐!”

……

一个女人记忆中美好的东西一旦被摧毁，她的心就彻底死了。静婉丢下了初见面时的信物——沛林的怀表，昔日的东西总是能打开记忆的大门，况且是刻骨的，是美好的！

“静婉！”

四少深深一回头，仿佛一切的画面又定格在当年！

“记不记得当年我们在成江边分手的时候，我一直有句话想跟你说。”

“什么？”

“我爱你，一辈子！”

这是四少与静婉给我们勾勒的纯美情感。

天色已晚，城市依旧，心荒凉。我们的血色年华就在这里残退吗?

问世间情是何物，直教人生死相许。天南地北双飞客，老翅几回寒暑。欢乐趣，离别苦。就中更有痴儿女，君应有语，渺万里层云，千山暮雪，只影为谁去……

18岁的爱情，28岁的感情

18岁的时候，我想在美丽的普罗旺斯许下一个带有薰衣草芳香的心愿；我想在埃菲尔铁塔前抛下一枚厚厚的硬币；我想去充满梦幻的维罗纳感受罗密欧与朱丽叶的桥段；我想写一首很长很长的诗寄给海明威；我想在激流岛和顾城一起面朝大海，春暖花开，男耕女织。

18岁的时候，有雪的日子，我想去北边以北，踩着厚厚的白雪，围着大红色绚丽的围巾，穿着厚得像面包一样的棉袄。凝结在空气里的是那少年的歌唱，美丽的白桦林里，一只受了伤的雪豹舔舐着伤。少年脱下自己的大衣，将它的鲜血止住，小心包扎。一旁的我感动得泪流满面，以身相许……

18岁的时候，苏州河有着奇幻的魔力。那里住着鱼一样勇敢的女子——马达，多么酷的文艺男女年。

“如果，有一天我走了，你会像马达那样找我吗？”

“会呀。”

“会一直找吗？”

“会呀。”

“会一直找到死吗？”

“会呀。”

18岁，眼前流过的是那个桀骜的篮球男孩，天蓝色的队服，散发着柠檬的汗味，操场上拼命厮杀，只为那扎着马尾的田螺姑娘。摩天轮是夜晚最好的道具，好吧，我们要许明天，我们要许一辈子。不，不，一定是生生世世。

18岁暗恋的那个少年，一直沉默得像一团迷雾。总是在有风的日子里嗅到他的紧张忧郁。那个少年像四叶草般倔强，腼腆而勇敢。听，校园广播里不正是他清朗的声音，谜一样魔幻吧？尘土飞扬的马路，连路边的雪松都是淡淡的忧伤和解不开的谜团。

18岁的爱情，想想都觉得好。

如今，我28岁。

我依然背离宿命，想寻求当初的那个少年。可是我的票子，我的工作……

我喘不过气来，我难过得只有在深夜低吟浅唱：

地图上一条十厘米线段

把你我分隔在世界两端

当我在凌晨三点辗转

你才刚刚开始狂欢

我们抽着一个牌子的烟
你我只守护着记忆的两面
只因怕你的沉默伤感
我消失在被你遗忘之前

因为希望比绝望危险，等待比离开艰难。你走后，我一直在改变，有时连自己都无从判断。我到底是越来越坚强，还是越来越悲观？

曾经不止一次梦到上帝，他对我说你缺乏安全感。醒来后一遍遍翻老子庄子，希望总有一天能做到自然而然。在空空荡荡的电影院，去看一部没人记得的老片，和女主角一起哭上半天，在眼泪中解冻被冷藏的时间。在散场前不停地告诉自己，所有的如果都很难兑现，所有的分离都在所难免，就这样消失在被遗忘之前吧。

28岁，没了爱情。

合适的时间，找个合适的人，忘记了诗歌的浪漫，陌生了音符的跳跃。

28岁的我，很好。

苏州河，流啊流，我是水底快乐的鱼。苏州河，流啊流，岸上繁华是前世的光。苏州河，流啊流，一会儿春风一会儿冬。苏州河，流啊流，无风无浪，静静地流。

私人秘密

日子有重复性，死去的昨天好像活着的今日。

活着的人们永远守着不可告人的秘密；死去的人们将秘密在坟墓里妥帖安放。

“五一”刚过，好像节日的新生已经改变不了频繁的乏味。过节，已经失去了原有的意义。人们似乎都习惯热衷于在某新开发的客户端消遣自己的感情。朋友圈里每天细数着自己的家长里短、喜怒哀乐，仿佛真愿意打开天窗说亮话似的。可是，终究每个人都心怀鬼胎，将秘密尘封。

刚刚看完《过界男女》，平淡的画面，演绎着普通的故事：富商太太因为丈夫生意失败被无端抛弃，可是面子上还得过去，在太太们的聚会上，依然恪守着每次付账的道理。没有人关心你窘迫的局面，大家已经习惯了在你潦倒时候嘲讽。阿辉，是太太的专属司机，处在底层，他深圳的老婆要生二胎，去香港找已经是护士长的前女友办张医院证明。原本想着要念及旧情。可是护士长伤心极了，被人抛弃之后，反而要做这等蠢事，任谁也释怀不了。太太变卖家当，熟料最后自己信任的阿辉卷走了所有变卖的财产。夕阳余晖，落寞的中年妇女看尽人世沧桑，心中承载着这可笑的秘密。

我们似乎习惯于自己的光明磊落。在道德败坏的边缘总是义愤填膺、歇斯底里。仿佛自己便是那正义之士。

和尚的超度念诵，淹没了小庙里的下流荤度。

官员的义正言辞，遮盖了会所里的龌龊卑鄙。

富商的忠肝义胆，泯灭了棚户区的奸淫掳掠。

太太的珠光宝气，暗藏了麻将桌的脑满肠肥。

……

穷人有着穷人的忧伤以及墓志铭。他们的秘密，好像更加私密一些，暗藏在独自小小的身体的某一处，像是满园的爬山虎里面偷偷溜出一朵郁金香，舍不得打开，又害怕芬芳。秘密，总是在阴大的时候生根发芽，在无助的时候歇斯底里，最后流脓流血。胸腔里的味道在阴暗的天气里发霉。

然而，我喜欢。

听，帕格尼尼的琴弦，又谋杀了哪个少年？

梦里的男子，来生再续

我老了，我要走了……

“我能想到最浪漫的事，就是和你一起慢慢变老。一路上收藏点点滴滴的欢笑，留到以后坐着摇椅慢慢聊……”

简单的歌词，却是一个女子几近30年的心声。

没有希望的决绝，就像没有预谋的杀害。亲爱的，我等不了了，世俗的催促，让我紧紧地将你藏在内心最私密的地方。可是，真的很难过，无语问苍天。一个人的信仰被阻击到了一种“惨无人道”的绝地，纵使时间苟延残喘。可是，30年，30年呐！该如何是好？

每个女子心中都住着一位英雄，她们顺着地平线，沿着铁轨，义无反顾地追寻。可是，时间给了一个悲惨的结局：每一个英雄都客死他乡。

为什么？为什么英雄都喜欢背井离乡？

亲爱的，是该跟你说再见的时候了。可是，在道别前，我想告诉你，仅仅告诉你一个女子独自走过的30年。

年幼时候，脑海里便朦胧地出现俊朗的线条，频繁而欢快。校园里的半亩荷塘，陪伴着蛙叫蝉鸣发着呆。晚上独自一人看着天上的星宿，我想：你就在不远处。黄土地的苍凉，令人无可名状地烦躁。于是，在斑斓的果树园，拙劣地搭建着你所喜爱的一切。自以为是地认为，你喜爱的一切是精致的、高尚的、浪漫的。

甚至花费了整整三天，连最美的欧洲蝶都抓回来为你倾舞。可是，仅仅一下午的时间，花藤枯萎了，蝴蝶死了。

小女孩哭了，然后又哭着哭着睡着了……

18岁的梦，是演给谁看的呢？

亚里士多德？拿破仑？郁达夫？黑格尔？不！

都不是。梦里的画，装点了只属于你我的情愫。我要的不多，仅仅是与你浪迹天涯。于是，在崎岖的道路上努力前行。心中深刻地念着你的一笔一画，在人群中飞快驾着马车，我想，你也等着我。每一次，我都不敢用放大镜近看你年轻的容颜。害怕，我真的害怕，如泡沫般的爱情，仅仅在有光的空气里流光溢彩。

阳台上，你灿烂的笑容挤走了未愈合的伤口。我想与你在雪有两尺的地方，穿着厚厚的棉袄，围着大红色的围脖，互相搀扶着，看漫山遍野，千里冰封，万里雪飘，望长城内外惟余莽莽，大河上下顿失滔滔。

然而接下来，梦想碎成一地的玻璃渣。你说后会有期。

好吧。明媚的日子里，我在灿烂的年纪里依然为你写书谋划。因为那样才感到似乎离你不远。

时间如流水，静静地阐释人世间的悲欢离合。

再过一天，我就30了。可是，你还是那个遥不可及的梦。

亲爱的，我累了。我要走了，我也需要一个可以依靠的肩膀。

倘若有缘，来生再续吧。

爱之深，痛之切

摧毁一个人的不是贫穷，不是劳苦，不是爱情，是永无止境的仇恨。

恨，是因为爱之深，痛之切。少年时期，不太明了金庸笔下的李莫愁为什么有天使的面容、魔鬼的心。那时候，因为被善待，于是也愿意随波逐流，并且乐此不疲。

随年岁增长，世间邪恶的种子频频向善良的人们抛出橄榄枝。一切都顺理成章地拉开了序幕。恨一个人，是放不下的曾经。不知道爱与恨的进退。被伤害的皮肤在雨天有被划破的伤痛，而后歇斯底里。无法原谅，不可逃避。弗如梦魇，欲罢不能。

有人问：不能与人为善吗？

可是，谁曾善待过自己？

邪恶的爪牙像浑浊的黄河水，慢慢渗入脆弱的骨髓，生根发芽。于是，变成了连自己都难以置信的杀手，被世人唾弃，令人瞠目咋舌。

曾经的音容笑貌和单纯善良，只有在黑夜面对自己赤裸裸的皮肤时，变成了一个偌大的笑话。

谁能放过自己？

仇恨压抑得让人喘不过气来。好像诀别，又像重生。

七宗罪，犯下其中一条，便会置你于死地。撒旦扇动着邪恶的翅膀，在富士山下看你煎熬的模样。

仇恨的种子逐渐壮大，无法自拔。像是一个巨大的藤萝，将人们牢牢抓住。

已经忘了生活的美好，已经淡漠身边的人，已经远离了善良的人群。在充满魔鬼的黑洞里“得道生还”。

该吃药了。你已经走得太远。

回来吧。

仇恨，最初的起源是深爱。何必虐待挚爱，惩罚自己呢？每个人都会犯错，即使错得很深。饶恕他人，便是宽恕自己。倘若没有办法握手言和，不如笑看风云。

试试吧。

秋风散落，一人一花

每个季节都有它特定的情愫。

小的时候并没有太过深刻的印象。只是觉得春去秋来，万物更替，理所当然。冥冥之中，觉得自己长不大，一直是个小女孩。

直到有一天，铜镜里发出青春的炽热。我想，那是女孩在成长。

女孩很喜欢花，各种各样的。

然而，太过年轻的容颜，总是无法记录花朵的印记。

有人说，当一个女子真正爱上一个男子的时候，便是她成长的开始。

女孩，来自一个遥远的城镇。从小就跟其他女孩一样，有着色彩斑斓的梦，而这梦里，总是模模糊糊地出现一个男子的身影。好像总也看不见，好像真的很近，非常近。就这样，年复一年。

终于有一天，他出现了。

女孩流下了眼泪，随着西北的秋风散落天涯……

古有红拂女，热情似火，在南北朝的战乱中流落长安，被卖入司空杨素府中当歌妓。她为了心中的爱情，追随那个深爱的男人，和他一起浪迹天涯。

女孩亦如是。

女孩万万没想到，这一扎根，便是千言万语，便是飞短流长。她爱上了他，一个大自己整整17岁的男子。女孩总觉得他有着说不出来的故事，像大山一样，让人无限着迷。

她一个人在秋季去了古镇。汤峪的夜，应着阁楼古亭，在大秦岭如诗如画的映衬下，总有着说不出来的厚度。黄土真正赋予人们的东西恐怕已渗透到骨子深处。苍凉的西北风，直刮得人毛骨悚然。一个土坡道尽了多少颠沛流离的故事？听呐！秦腔一声，已经吼破了天！

女孩爱他。总是觉得千般可爱，万般挂念。有着说不上来的好，好像总也看不够。尽管男子的额头已经惹满了沧桑。她还是将自己性感动人的嘴唇轻轻吻了上去。

他告诉女孩：他有妻小。

女孩哭了：为什么一开始不说？

他埋下头，你那么让我着迷……

女孩说：你喜欢《诗经》吗？《诗经》当中，有一首《绸缪》。

他答：我只是个生意人。

于是，女孩走了。没有人知道她的去向。

深秋了，他一个人开着保时捷，在秦岭山脉里绽放，绽放。

女孩曾告诉他，她只想变成一朵山谷里的兰花，自由开放，自由凋落。只是，真的非常孤寂。她在等他。

也许，下辈子会相遇吧。

如若真的有下辈子。

爱上一个人就陪她去流浪，爱上一朵花就伴着她成长。

他开着保时捷，埋在了秦岭深处。

秋风簌簌，云雾中间，屹然升起两朵美丽的蝴蝶兰，婀娜、有力。

地铁1号线的性感先生

12月16日，这仿佛是一个难忘的日子。说是难忘，好像又不那么特殊。

西安的早冬如一位慈祥的老太太，迈着阑珊的步履，总是晃晃悠悠来到中午。阳光依然是内秀而慵懒的。

喝了一杯酸奶，简单地吃了一块曲奇。突然，脑海定格一幅画面，还是那个男人。噢，这个词不贴切，是那位先生。

一位让我春心荡漾的先生。

晚上11点钟左右，地铁里的人已经稀少。刚和几位广东朋友吃完粤菜，便匆匆乘地铁往家赶。地铁于我而言，像是流水车一般，承载着几乎没有任何特色的物件，一批又一批。真的，好乏味啊。上帝造人的时候，恐怕是偷懒了吧，连个细细的描摹也显得轮廓粗犷。

低头一族在这里栩栩如生。没有眼神与眼神的交流，没有呼吸与呼吸的对垒，陌生得好像对方几乎不存在一般。呵，倘若是敌人也是好的。

静悄悄的地铁车厢，颓靡而压抑。说好的云淡风轻呢？说好的春暖花开呢？哎，好像真的是天方夜谭。

路过的一个个光鲜亮丽的广告牌，像是这个时代特有的符号，浮夸而空虚。路人甲乙丙的举手投足，竟然都是一个个“挫”！

真的是百无聊赖。

空气里，突然呈现出新鲜的柠檬泡芙味道，敏感的人像猎犬一样，总是有最惊人的嗅觉，前后100米，竟旋风一般扫荡。终于，出现在我的眼帘：

眼睛深邃，像充满意大利风情的古建筑，说不上来的古老、优雅与现代。性感的嘴唇，让人很快想起朱莉的模样，可这明显是先生的做派。贝克汉姆？Oh，不是；Shayne？好像也不是；Paul？呵呵，好像更不是啦。那就不要这么庸俗地张冠李戴了。高挺的鼻子，使面部显得更加俊朗有棱角，真是一个优雅绅士的男子。更加令人惊觉的是那羡煞旁人的小碎胡茬，碰上去，一定是“笙歌丛里醉扶归”。哈哈，不要这么花痴了，可真就是“情不知所起，一往情深”了。精致的面庞配有一件优雅的深蓝色英伦呢子大衣，一条纯灰色的羊绒围脖，一双简约的高质量皮鞋。

终于在这天晚上我读懂了：一个男人的魅力远不在豪车与豪宅。

我想起三年前一个据说很有钱的陕北煤老板，于席间给小女子我敬酒，我竟然想从地平面上立刻消失，感觉整个房间的灰尘里都弥漫着土豪的俗味。

快到站了，好想这么一路追随下去，演绎一场书本里杜撰的情节。

人来人往，车水马龙。我下了地铁。这一切像是一个梦，出现了，又消失了。

他去了哪儿呢？

贴身物

贴身物有如影随形的私密，有不离不弃、毫无怨言、誓死效忠的魄力。

又搬家了，在城市就是这样，总有一场又一场的告别与相逢。而男人，似乎总是随着精液消散在时间和记忆当中。偶尔捡起曾经实实在在的物体，眼前会浮现出一张模糊不清的面孔。

有些东西，无论你一贫如洗，还是富甲一方，它总是默不作声，像一位旧时老友，时刻提醒着：你并不孤单。像书本，像CD，像母亲年轻时候的老照片，像蓝色的绸缎被子，总舍不得丢弃。人与物相处的时间长了，便会在岁月的夹缝中分泌出一种难舍难分的感情。

城市的单身女性，总是不得不以一种强硬的姿态混迹在钢筋水泥当中。若问似水流年，泪腺便在心脏里翻江倒海。

拿着一本安妮的《告别薇安》。一个个隽永的字眼，雕刻着熟悉而亲近的味道。一百年后，书还是书，有着油墨和主人沧桑的味道，人却变得疏离。

有CD，一直不习惯在网络上听音乐，总觉得这是对歌者的一种狼藉的亵渎。坚持一个人在家，CD里放着帕格尼尼的《魔鬼的狞笑》，London Grammar的*Nightcall*，张学友的《淹没》，冯曦妤的*The Glorious Death*。听着听着，就像对着一面镜子诉说自己的往事，到后来真的豁出去了：倘若生活是一场没有预谋的阴谋，那么我愿意在角色里被一一暗算。

室内放着常年生长的盆栽：太阳花、栀子花、蝴蝶兰、碧玉、滴水观音、红掌……都是一些容易存活的植物，像它的主人一样，有些懒散，有些笨拙，从不娇媚，有水一般的健康。至于动物，我却从来不愿意养，害怕这份过分亲密的感情。曾经在网上认领了一只流浪的波斯猫，只养了两天，就搞得我措手不及。算了，还是养植物好。与它们用一种无声的语言来交流很是舒心。

好几次鼓足勇气，企图扔掉母亲年轻时候的老照片。因为照片上的她纯真美丽，竟让我有一丝嫉妒。父亲虽然心思细腻，却也像个顶天立地的男子汉一样，守护着母亲的生活，至今依然不离不弃。

搬家不久天就变得冷起来。新家空荡荡的，也就剩这么多东西了。噢，不，还有梵高和爱因斯坦的素描画像。

我亲密无间的小伙伴们，我们又到新家了，先熟悉熟悉环境吧。

所谓良善

对于个别抽象的名词，每个人总会拧巴而执拗地坚持自己的观点。想起在一年前遇见的一位旧友。他在海外待了十几年，现在在西北大学做助教。

我们俩的相见是很偶然的。

这种男子，一见到我便在担心：像你这样，如何在这个社会里混呢?

依旧保持45度的美好微笑，我说："现在活得不是挺好的吗？"

他笑了，一身西装革履，斜着眼睛上下打量我这样的女子。

几分钟过后，我感觉他的戒备心几乎消除了。对于他，我本就没有任何企图，他亦没有，这样才是沟通的最好前提。

我们在高新一间不大不小的饭馆里吃饭。

我负责埋单，他负责用车将我托运回去。

一切，似乎等价交换，理所当然。

这是西方人常用的思维。在他眼里，左边砝码，右边货物，一切的问题都可以用某种经济学来度量。

在西北，文化底蕴藏了几千年的土地里，这样的行为会受到指责。然而，运用国际舆论，这似乎没有过错。

就像电影《白鹿原》，有人说，这里是欲望的田地。可是，亲爱的，你哪里懂得这一片土地的根基。陈忠实的阐述正是一个关中汉子的呐喊。

所以，如果说是入乡随俗，那么这男子一点儿都算不上良善之辈。他就像一座赤裸裸的商业雕塑。

初次的会面，我没有多少好感。

直到晚上回到家，闲来无事，翻开他的空间简单看了一眼。

没想到，在冰冷的外表之下，良善的因子居然在他和一个年轻的舞蹈女孩之间发挥到了极致。

长安城的冬天干裂而少风，而我却被这男子隐藏的良善深深打动。那是一段令人欣羡的爱情长跑，尽管跟我无关。

良善，有时候真的是因人而异；良善，相对而言。

人们都说太过良善的女子，在这个赤裸裸的社会里，不懂得生存规则是很危险的。然而就算你懂了这些规则，就算你素有品质，也必须拿出十二分的虔诚，让自己更加坚强，更加强大。

可是，我怎么也无法做到，大概是性格决定的吧。

夜深，女闺蜜打来电话：“亲，你说咱在这痴情什么？”

我笑了。

“找一个年轻小伙子，不如找个中年男人，咱要什么有什么。你说人家能做小三，咱为啥就不能，凭啥？你说凭啥？”闺蜜自带调侃。

电话旁边，正好是一个异性朋友：“你这朋友太坏了。”

呵呵，什么叫太坏了？

亲爱的，你可曾知道，这个女闺蜜为了自己的一段感情付出了多少？青春、金钱、感情、爱意，反正起初有的都耗尽了。可是最后，男友一句简简单单的“咱俩不合适”就一笔勾销了。

丫的，刚开始怎么就合适了？

闺蜜无法释放，导致新认识的人都觉得她秉性不佳。

良善，常常需要环境栽培。

我想，这个世界不存在绝对的恶与善，就像沈从文的《边城》。如果你爱一个人，良善会以最美的姿态呈现；如果你厌恶一个人，良善会时空穿越成最丑恶的面孔；如果你漠视一个人，良善是不存在褒贬之意的。

良善，仅仅是一个抽象名词，却饱含人类饱满的感情。

良善，一直存在……

梦想还是要有的

城市，生活着这么一群女性：干净、小资、有梦想，但有些贫穷。

有人说，这个世界是笑贫不笑娼的。她们蜗居在狭小的空间里，为了梦想自得其乐。

她们出门时，浓妆淡抹总相宜。人们都羡慕，并猜想她们一定有一份体面而高薪的工作。她们一定有着丰富多彩的周末生活，比如练练瑜伽、听听音乐。

然而，真实的生活是这样的。日出日落，花开花谢，一个人早出晚归，一个人挤着地铁。落寞地支撑着看似热闹的生活。就算一个人也傲娇着姿态，紧紧守着一个易碎的梦。

安逸的人群怎么理解得了她们的生活？

后来，就连她们也开始理解不了了。因为远不如她们的女孩都开着豪车，用着高档化妆品。人们说，那是因为那些女孩不仅美，还善于利用这种美。

很快，她们28岁了。

她们的不食人间烟火，醉生梦死了多少豪杰。她们像是一尊名贵的花瓶，可远观而不可亵玩焉。当所谓的俗世里的缘分不期而至，她们从此将慢慢放下身段，正如这世间任何一个平凡的女子一般，关心疼爱自己的男人。

然而，俗世里的终究是不变的虚酿。男子的宠爱不过就是浮华的梦幻一场。猛然醒悟：原来的梦不知什么时候起已落灰。

她们苦笑着：梦想的坚持比想象中更难。

可是，她们依然要重拾梦想，坚持下去。

因为在这个世界，所有的都会烟消云散，只有梦想不会走。

不停留，亦不将就

岁月流转，一天又一天，我从少女长成了女人。

快十年了，他的坟墓我再也不敢轻易去探望。我知道，我一去必定会痛哭流涕；我知道，我一去必定会梦魇千回。

和着幽幽一抹斜阳，我总是抬起自己的貌似高贵的头颅，目送暖阳最后的归程。可是我的内心却害怕夕阳离去，害怕再也见不到明日朝阳。

一串串泪花在面颊上随着西北风在时光里凝固、风干。大家看到的只是这女子淡泊的一笑。然而逝者如斯，我的心真的很痛。

年岁也不小了，也交过几个男朋友，也曾撕心裂肺地爱过，也曾咬牙切齿地恨过。年少的疯癫，伤痛的结疤，让现在的我淡泊得几乎心无所求。

顾漫的《何以笙箫默》中，男主何以琛曾说过："如果世界上曾经那个人出现过，其他人都会变成将就，而我不愿将就。”我原以为，真的爱不起来了，再也爱不起来了。

岁月留下的总有印记，而这印记轻轻浅浅，总是在我们的额头上慢慢载录。亲爱的，我们短短数十年，何必用恩恩怨怨来承受？亲爱的，我们就这数年的缘分，怎么忍心不去好好珍惜呢？亲爱的，在没有遇见的时候，我们等了多少个日日夜夜啊！亲爱的，在没有遇见前，我们又彼此受着谁的伤？

我爱了，鼓足了所有的勇气再次去争取属于我的幸福。

在似水年华里，我只是希望看到你嫣然一笑；在平平淡淡的日子里，我只是想让你如释重负；在柴米油盐的锅碗里，我只是单纯地想你幸福。亲爱的，因为你幸福了，我便幸福了。

以前的我，常常一个人望着湛蓝的天空在寻找星星的归宿。

现在的我，没有停留，也不将就，只是认真地等到了陪我一起数星星的人。

肆

安徒生戏画剧【亲情/友情】

亲爱的，这世界从来不会有坦途。

所以，我们的青春更需要伴侣。

寒暄的言辞，像黑夜里的星星，只要闪烁一下就好。

都说

日子在一天一天向冬迈进，马不停蹄。逝者如斯，万木凋零，隆冬窗寒。她枯灯夜下，为了他的一点癖好，为了心中的念想，她愿意从此春蚕到死丝方尽，蜡炬成灰泪始干。

都说，采桑女系得绿萝裙，处处连芳草，只为了一人独憔悴。这是真正的历史吗？还是古人杜撰出来骗取年轻女孩的梦想？

他，每次都轻轻地走，正如轻轻地来。不带来痕迹，亦不会留下痕迹。

她在盼，从朝阳到日暮，从春暖到秋凉。她也有冲动。少年时节的她，从来都不是安定的姑娘。酒吧，只为了那种颓废的罂粟气氛，她一逛就是一整夜。她哭，她笑，在聚光灯下扭转着自己的身体。何尝不想，哪怕只是坐在一辆简单的自行车上，谁不说见不到华夏美衣裳呢？

她见了他。在他面前什么都不说，哪怕有一丝怨言，她也不说。

只是在深夜里，所有的声音都停了下来。只有《梁祝》凄美的声音在空旷的房间响起。她穿着绿色的睡袍，披散着凌乱的长发。

空气中的每一粒分子，都在打着思念的节拍。

别后不知君远近，触目凄凉多少闷。渐行渐远渐无书，水阔鱼沉何处问。

你在哪儿?

夜深风竹敲秋韵，万叶千声皆是恨。故欹单枕梦中寻，梦又不成灯又烬。

你让我等到何年何月?

都说，男人是善于骗女人的，不同的是，大骗子骗了你一生，小骗子骗了你一段。泪眼婆娑，只为骗得高明?

都说，每段感情都有它固定的发展动向。她只是不信。可事实总会让你信得无比剔透。

都说，自古红颜多薄命。没有一个人认为美女会遵守妇道，没有一个人认为才女会安分守己?都说，该放弃的就放弃，可是山无棱，天地合，当初的你侬我侬在哪儿?

少年不识愁滋味，爱上层楼，爱上层楼，为赋新词强说愁。

那时，真好!

而今识尽愁滋味，欲说还休，欲说还休，却道天凉好个秋。

真真悲哀。

风住尘香花已尽，日晚倦梳头。物是人非事事休，欲语泪先流。

呵呵。

闻说双溪春尚好，也拟泛轻舟。只恐双溪蚱蜢舟，载不动，许多愁。

沉默。

都说，都说的或许是对的，只是她从来不敢真正面对。

都说，都说的或许就是真的，只是她从来无心解脱。

因为你们，我的青春不寒冷

——致闺蜜

一直不爱吃果冻，可我今天发现果冻可以让人幸福。闺蜜拿了一盒马来西亚的布丁草莓味的果冻，吸允着其中的醇香，对我的几个闺中密友说：“有你们真好。”

我情不自禁地打开在超市买的天鹅堡小麦啤酒，于是，几个女孩居然喝上了。啤酒自带德国小麦最原始的发酵香味，让一群女孩子好似进入了金灿灿的小麦地。清风徐来，感觉温暖幸福。

有人说，物以类聚，人以群分。一个人走出去，几乎可以代表她整个闺蜜圈的精神风貌。我想是这样的。在这个冷漠的时代，当男女之间的交往成为利益和欲望的媒介时，我们孤独得要命。有时候还会带着伤口，在空旷的房子里闷声哭泣。我们是独生子女的一代，我们没有兄弟姐妹，我们害怕父母担心，我们经常孤独而寒冷。这种孤独像是撕咬的烈虫在你身体里蔓延，将整个人侵蚀掉。我们害怕，害怕这种致命的袭击。

可是，有那么一群姐妹来了，步履轻盈，笑容甘甜，坦诚相待。你难过我也难过，你高兴我也高兴，你没钱我肝胆相照，你有钱咱们共同happy。没有太多的计较，没有过多的恩怨。好像自己就应该让亲爱的闺蜜快乐起来。谁敢欺负她，我跟谁画地为牢。

李小璐、秦岚、熊乃瑾、霍思燕、甘薇的姐妹团共同特点是爱面部身体修补、爱非主流自拍、爱廉价修片、热衷时尚、自认潮爆。她们年龄相仿、志趣相投，整日在微薄上抱团，互捧对方臭脚，私下也是聚会多多，情比金坚更义结金兰。她们自组的“泰迪家族”可谓有福同享有难同当。

娱乐圈，当然还有著名的“七仙女”闺蜜团，她们也是有福同享有难同当，七人性格迥异，合在一起，偏偏神奇得和谐。多年前黄子佼劈腿小S，结果就成为七仙女的公敌，所有人都断绝了与他的关系，而黄子佼再也没有出现在大小S所参与的节目、演出、广告中，被七仙女彻底“封杀”。

呵，这就是闺蜜呀！

我们没有男人可以啊，我们工作中遇到困难可以啊，我们被贱人削了可以啊，我们感觉孤独没关系的啦，我们没有钱没关系的啦，我们受尽委屈没关系的啦。

因为有最好的闺蜜会调教我们啊，因为有最好的闺蜜会温暖我们啊，因为有最好的闺蜜会开导我们啊，因为有最好的闺蜜会安慰我们啊。

小女子，深夜不太冷，因为有闺蜜啊！

小女子，房子不太空，因为有闺蜜啊！

小女子，从此不孤单，因为有闺蜜啊！

小女子，从此不害怕，因为有闺蜜啊!

我们相约在一起：打牌啊，喝咖啡啊，游泳啊，旅游啊，看电影啊，唱歌啊，吃美食啊。

我原以为冬天会久久躲不掉，因为有你们的到来，这个冬天是春天。

闺蜜散发着怡人的芳香。

谢谢你们，陪我走过最好的年华。

谢谢你们，让我不再寒冷。

我的闺蜜，我青春——

与表弟夜话“痴情”

——找个温暖的女子结婚吧

一直不想着笔家长里短，总觉得浪费笔墨，废人神情。可是，昨天父亲打来电话，声音低沉，几欲哽咽，父亲说：“你表弟因为他‘女友’的事儿，和你姑父闹得要断绝父子关系了。”父亲向来还算阳光，可是通过无线电的传播，声音颤抖而潮湿，像是发了霉的苔藓。

我能深深体会到父亲的情绪：“爸，我去跟表弟聊聊，先挂了。”

表弟与我同岁，他喜欢上了以前班上的一个女生，一喜欢就是8年。女孩姿色平庸，才华拙劣，工作是房产销售员。表弟年薪20多万，净身高183厘米，五官端正，家世也还可以。两个不是很般配的人，却相互看上眼，谈起了恋爱。

听表弟说，女孩花了他十多万，每次都是哭哭啼啼，或娇滴滴地发嗲，他就心甘情愿地拿钱给她花了。呵，男人啊，真是个奇怪的动物。可这女孩并没有满足，有一次借了黑贷4万块钱，将表弟的车作为抵押。

女孩答应表弟说结婚。表弟告知姑父，让媒人去女方家提亲，可是女孩说："叔，我和××只是一般朋友。我和我老公都把结婚证领了。"

晴天霹雳！

表弟伤心欲绝，经过父母之手，车算是赎回来了。表弟也算表面上死心了。可是姑父不爽，女孩花掉表弟有借据的5万，姑父想要回来。

女孩各种求情，表弟的心又软了，以断绝父子关系威胁姑父罢手，姑父暴跳如雷！

亲爱的表弟，你现在只是陷入了僵局。日光之下，并无新事，我们每个人都会陷入到自己感情的困局中。其实万物皆草木，那女子无才无德，弟弟，你是如此优秀，有那么多美好的女子，就此忘了她吧。

父母恩情最大，你细细掂量吧。没有人能特立独行地活着，特立独行不是个性而是一种无知。我们内心可以保持纯净，保持自我，但留个位置给后来人，活着不正是为了温暖和幸福吗？为何让自己陷入痛苦当中呢？

这仅仅是个"猫绳理论"的游戏。人们都喜欢一种朦胧、忽冷忽热、心情上下波动的感觉，让对方在希望与失望中焦急等待，在等待的过程中就会幻想，而幻想的时候她就充满了你的大脑，进而就会影响到你的情绪，而情绪就会产生感情，尽管有时候这种感情是不能持久的，但它毕竟产生了，而且起作用了。

人的天性中有一种反常的倾向，越是容易得到的事情越没有兴趣，我们只会对那些无法完全拥有、敢于拒绝的人燃起激情。很多人错误地认为：满足对方愿望才不会让她离开自己。而事实是，你一旦满足了她，你于她也就没了新鲜感。完全敞开胸怀就意味着兴致全无，就像猫咪对静止的羽毛嗤之以鼻一样。

亲爱的表弟，醒醒吧。希望你面朝大海，春暖花开，明媚向上，找一个温暖的女子，和父母幸福地生活下去。男儿立足于天地，除了女子，还有其他，父母恩，兄弟情，等等。

世间女子多如牛毛，目空一切也好。虽然此生未了，换自己半世逍遥吧。醒时对人笑，梦中全忘掉。将爱恨一笔勾销，做一个逍遥的男子，找一个温暖的女子，就这样一直到地老天荒吧。

朋友太深，同学太浅

有些人，只是上学的时候打过照面，始终觉得缘分太少。或许本不该遇见，可是偏偏又相遇。

从一个城市到另一个城市，大学同学偶然相遇，本该是酒逢知己千杯少。可是她躲过背影，转头就走，装作不认识。他也在吃自己的食物，好像从来不认识。

其实，餐厅里散落的客人又怎么能阻挡这熟悉而陌生的脸庞呢！

人，就是这么奇怪，像是两个绝缘体，怎么也无法对接。

大学同学，有一半都很少打交道，有几个甚至不曾说过话。

寒暄的言辞，像是黑夜的星星，闪烁一下就好。

说到朋友，的确是个奢侈的词儿，相濡以沫，患难与共，真的好难，人生有一知己足矣，俞伯牙与钟子期，都盼望这样呢！

朋友圈发张照片，大家互相点赞。生意上互相来往，倒也勉强维持关系。同学吧，还算有交集……

听说大学一男同学去边远山村支教去了，于是斗胆寄去一些衣服和书本。寒暄而温暖。

谈朋友太深，谈同学过浅。

这样其实也挺好。

冬墓传说

坟墓里，寄放的也许是希望，也许是绝望。

去年的冬天，父亲给弟弟举办了婚礼。看着仅仅比我小三岁的女孩的冰冷尸体，我再也控制不住了，眼泪唰唰地流下来。这一切都来得太突然。人在猝不及防的时候，会表现出最原始的状态。

婚礼当天，家里设宴，来了很多亲朋好友。

父亲显得并不是很伤心，母亲似乎也在这十年的时间里淡了很多。你已离开我们十年的时间，而我还是无法从悲伤中走出来。

我一直纠结在我们小时候的场景里无法自拔。总是执拗地相信着“人死后会化作泡泡升上天，变成一颗星星守护自己所爱的人”。

弟弟，在那个地方好吗？那里是不是也有冬天？你会不会冷？

父母经常吵架，几乎都是为了当年的你。小时候，谁欺负了姐姐，你总是很爷们地帮姐姐打一架。而长大后，再也没有可以保护姐姐的人了。

“假如你活着，姐姐会不会活得并不这么艰辛。”

这十年里，为了让爸妈欣慰至少他们还有个女儿，我活得像个女汉子。似乎整个青春都活在你的影子里，真的好累好累。

姐姐很想你……

或许我还需要更久的时间，才能治愈伤口。

愿你能在另一个世界保佑爸妈健健康康。

你在那边见到寒亦了吗？父亲去年冬天给你找的那位女孩。不管怎么样，父母像使命一般办了这件事——冥婚。

人生或许就是一场戏，而你可能比我们更早看透这一切。

世人都晓神仙好，惟有功名忘不了！古今将相在何方？荒冢一堆草没了。世人都晓神仙好，只有金银忘不了！终朝只恨聚无多，及到多时眼闭了。世人都晓神仙好，只有娇妻忘不了！君生日日说恩情，君死又随人去了。世人都晓神仙好，只有儿孙忘不了！痴心父母古来多，孝顺儿孙谁见了？

冬天的坟墓里多了一道神秘，西北风轻轻掠过，也许只是惊动了明年的春草。可是那棵苍松上的麻雀正盯着姐姐，唱了一首优美的歌谣：

小的时候上学老师总是说你比不过我，我也躲在角落里偷偷笑过。冲出教室福利社赊最爱的福满多，结果烂账都是你给的。面粉抹在脸上那是做游戏，阿妈拿着留声机在唱花戏。长大以后现在的你为人娘为人妻，记得小时候这样做过家家呢。童年时候飞走的你折的纸飞机，什么时候再飞回我手里？泥巴抹在脸上那是做游戏，光着脚丫追我说要教训你。我的姐姐长着一对可爱的虎牙，大手牵着我的小手陪着我长大。我的姐姐长着一头乌黑的长发，以后找个美丽姑娘一定要像她。

“亲戚”这两个字

咳。

血缘上，纠缠不清的关系。

人们都说亲如兄弟，可是不被兄弟宰一刀算是不错的了。你若行，亲戚逢迎巴结，跟着你耀武扬威，觉得自己的血统也沾上点儿贵族气。而当你干着别人觉得不靠谱的事情时，他们则能躲多远就躲多远。

这还不算，有的亲戚甚至用眼光鄙视你。

刚毕业那年，为了方便找工作，打算买一台笔记本电脑。于是斗胆向在做老板的表哥借5000块钱，可是他连100块钱都不给我，还用一句“我最近手头不太宽裕”打发了我。第一次开口向他借钱很伤心，之后再也没有向他开过口。

亲戚间，不知道从什么时候开始沦落到过年串门的仪式。见了面还要互相吹捧，暗地里却不时嘲讽，说说风凉话。

这年头，人与人之间的关系淡薄了吧。只觉得贪图金钱是最为正确的道路了吧。也许真的是这样，原中国银行行长最后出庭的时候，身边竟连一个亲人都没有。亲情薄凉呐！

“亲戚”这个词，已经沦为一个不带温热的名词。无伤你我，笑笑就好。

来吧，我们一起撒野

“权钱游戏”就像被架空的钢索，一不小心，便是孽海深渊。皇家人期待归隐田园；官家人期待官升一级；百姓则期待公务上身。似一个走穴的太极，来回折腾，却自以为是惊天伟业。好可笑呢！

冬天了，不如一起在雪地里撒野。去呼伦贝尔吧，那里雪海茫茫，足够你生动的节拍。来一个入定的蓝颜，穿着很厚的棉袄，围着温暖的红色围巾，遛着狼狗，像巡夜一样在雪地里嗅浪漫的味道。

可是，见了当官的没感觉，因为长相啊；见了演员没感觉，因为白痴啊；见了文艺男青年没感觉，因为花心啊；见了理发师没感觉，因为啊，你懂的。

我只待见你，因为你身上没有任何标签，一个生动的自由人，谈吐高雅、举止绅士、彬彬有礼、谦虚谨慎，重要的是还有一颗能够温暖这冬天的心。

我怪我自个已经开始麻痹，见谁都没感觉。那么咱先在雪地里撒点儿野。明觉，明觉？觉得这个名字通透灵性。

有风的晚上，一起狂浪地吟唱：人生得意须尽欢，莫使金樽空对月。数风流人物，还看今朝。今朝有酒今朝醉，杨柳岸晓风残月……

走着走着他不说话了。

噢，你哭了？

你，哭了……

“MB，破清华，破教授，我就是从东北大山里走出来的小野狼。哈巴狗是我遗失多年的兄弟，TM亲兄弟!”

“不，不，是大灰狼！”

嗨，什么都成。不如在雪地里撒野呢！

“今天鲜肉便宜了5毛，赶紧排队去。草！”他说，“你认识哥哥是个错误的选择，哥哥没钱！哥哥我很穷！”

“我就喜欢你这穷样儿。”

喝了一碗茅台，狼狗也晕了。

“天生我材必有用，天生我材必有用……”

富亦乐，贫亦乐。赤条条来去无牵挂。

火车上的邂逅，烽火连天的恩情，醉酒当歌，都不如这——在雪地里撒点儿野。

雪好大，连眉毛都冻成了一道夜宴。

好啊，好啊！

她躺在了，东边。

他睡在了，西边。

离得很远，又似乎很近。

她梦见了她的夫君。

他什么也没梦到，酣然入睡。

天渐渐亮了起来，白色的苍茫大地上飞舞着美丽的大片雪花。这可真像是一幅画啊！好美。

思念，在静默的午后

春分，有了流光飞舞的蹉跎，整片整片茂硕的绿叶遮蔽了西安这座城的龟裂。在马路上来来往往的多是车辆。

现代城市的一个标志是“忙”。若是站在距离地面足足6米高的吊塔上，原谅文人爱意淫，从这里望下去几乎看不到人头，顶多就是一个个高档或并不高档的蜗牛蜷缩着身子在干瘪的马路上攒动，在空气中借着笃定，极尽全力安抚自己仿佛已经急躁到极点的心。想想也是，不由得被《白银帝国》里郭爷的话堵在嘴边：“天地真大，人真小，人怎么自知？”

除及蜗牛，剩下的便是行人。

按道理，已经到了春天的中旬，整个古城都有洒水车的锦上添花，总该有一定的洁净度和湿润感。可这里到底是生活在黄土地上的人，看上去都是灰头土脸的。仿佛皮肤是浸泡在泥潭里，越洗越脏。

26岁的安雨，穿了一件接近裸色波西米亚的长裙，下垂材质的长裙将她日渐消瘦的身体形象地修饰了出来。蝴蝶式的锁骨，剔透得让人不由得想起同样处女座的张曼玉。瘦小的她真真让人心疼。裙子在安雨净身高170厘米的身体中徜徉肆姿。在这里不能穿得太扎眼，本来这里就不像北京、上海那样开放时尚。怕招来闲言碎语，安雨干脆在外套了一件蝙蝠织针衫。

这样，协调多了，在这样的城市里。

“小肥羊”的生意在逐渐燥热起来的季节里，已经门可罗雀。

安雨提着电脑走过人群，像是一道极美的风景，刹那间如电波，触及周围的人们。走过汉唐书城，到了百富烤霸。

安雨卸下偌大的太阳镜。好像这里正放着湖南女孩袁娅维的《滚滚红尘》：“来易来，去难去，数十载的人世游。分易分，聚难聚，爱与恨的千古愁。于是不愿走的你，要告别已不见的我。今生的所有也不惧换来跟随我俩的传说。”

刚刚从北京回来，感觉西安的空气像具有磁场的吸附，一直将安雨的心死死困住。

西餐厅里，大多是年轻人。有的是名副其实的吃货，从超市里带来大包小包的零食，只见周杰伦酷酷的身板在为可比克做着不相符的代言。有的人耳朵里插着最新潮的耳机，可能是质量出了纰漏，让人一听就是汪苏伦的《小星星》。

安雨走近忙碌的柜台：“我要两份米尼圣代，一个菠萝味的，一个蓝莓味的。”

服务员按着西式餐厅的流水线，很快将食物准备好。安雨一手提着沉重的电脑，一手端着圣代，走上盘旋而上的楼梯。

二楼到底是静悄悄的。除了电话里办公的声音，以及电脑上打字的声音，仿佛是百富烤霸专门为这些看起来有些另类的职业者特意安排的办公地点。

安雨挑了一个靠窗户的座位，简单吃了圣代，因为没吃过真正的鲜蓝莓，只能吃出菠萝的地道。透过脏兮兮的玻璃窗，旁边即“竹园村——中华名火锅”。

已经一年了，一年了……

安雨坐下来打开电脑，拿出自己专门从朋友那要来的新磨的摩尔咖啡，细细品起来。对面坐着两位看起来像是老板样式的80后男士，一直在看着安雨。

高新，雁塔，距离多少呢？

这么多人，这么多事儿，怎么偏偏就我们两个这样苦苦纠缠？

午后依旧，静默得让人忘记了时间。

安雨吹了一口轻轻的仙气：愿尘土带去我深深的思念……

生命太短，且行且珍惜

一大早起来，我并不知发生了什么。只是朋友圈发小们都在默哀："朋友，一路走好。"心里隐隐不安。

电话打过去，母亲告诉我我的一发小去世了，今天是他的葬礼。心里沉闷：生死面前，再无大事。所谓爱恨情仇都一笔勾销，所谓车子房子票子都是过眼云烟。

每个人似乎都莫名其妙地在这个世界上争斗，一切皆为名利而上，各自摩拳擦掌。

可是，不知道从什么时候开始，我们身边的人开始有人走去另一个世界。刚开始我看不懂王朔的《我的千岁寒》，可如今才体会到一种无言的悲伤。

日光之下有一个谜，忙碌的人群终日寻觅；日光之下有声声叹息，成功失败尽都空虚。眼看看不饱，耳听听不足，万事令人厌烦，人心怎能说尽？日光之下有一个谜，世世代代谁能解明？日光之下有声声叹息，生命多像捕风捉影！

当我们打算扎根土地的时候，其实我们已经离地平线三千里了。当我们打算流芳百世的时候，其实我们已经被格局成沧海一粟了。

不要炫耀你的生命有多强悍，不要夸张你的财富万顷，不要张扬你的健康无敌。我们不要卑微，只需谦卑再谦卑。

将头颅深深地埋下：爱自己，爱亲朋，爱祖国，爱这片美好的家园。

生死面前，没有仇恨！生死面前，没有攀比！生死面前，没有权贵！生死面前，人人平等。

每一个生命，都该拥有本来的面目。

不要说梦想是虚无的，不要说金钱是伟大的。在人类浩瀚的长廊里，也许稍有痕迹的只有梦想了。

花开花落，化作尘泥的也许就是我们永远不变的梦。

假如有一秒钟，你即将死去，你会对这个世界留恋吗？假如你即将死去，你还会怨恨某人吗？假如你即将死去，你还会热衷于权贵和金钱吗？假如你即将死去，你还会贪婪肉体的欲望吗？假如你即将死去，你会抱憾这一路的虚无吗？假如你即将死去，你还会斤斤计较吗？

生命太短，来不及我们消磨，且行且珍惜。

亲爱的，一路走好。

愿小伙伴们各厢安好

因为养病，回了老家。

走过的每一寸土地，都承载着我们深沉的情感。我的小伙伴，你们现在还好吗？

小时候暗恋的男友，据说现在在一家国企上班，和一位普通的女孩结了婚。8年没见了，却常常梦见他。那时，他是班长，我是副班长，我们俩是同桌。他喜欢前排的女生，总是让我帮他叫她。虽然稚嫩的内心纠结着，却也感到甜蜜。长大之后才明白，那是多么单纯而美好的感情，没有欲望，不求回报，不图厮守，看见他，就是满心欢喜。而今在朋友圈，多次想看看他如今的模样，却始终提不起勇气……

最好的朋友，随着学习或工作的圈子不同，没有共同语言，渐渐没了联系。小学刚升初中，转到外婆家那里去上学，鬼使神差地成了学霸。我开始变得郁郁寡欢，经常哭闹。一闹就是两个月，连父亲也没有办法。初三那年，她转到我们班。

听说因为长相甚美，在原先那所学校早恋、抽烟、混黑社会，被学校开除才转到了我们学校。我的情绪也立马大好，后来与所谓的“混混”成了朋友。疯玩了一年，我却也考上了省重点读高中，而她去了普通高中，因为长得太美，又去魅惑苍生了……我想，她定能翻江倒海。10年过去了，我再也没见到她，也失联了。听说她嫁到新疆去了，嫁给一个普通的玩弄艺术的小贩。生了一个女儿，开了一个便利店。时间有泪，很想你。

离家比较近的两个小伙伴，亦很少联络。一个嫁在当地，做了酒店保洁；一个嫁到绍兴，做了普通的上班族。

班里有的人已经结了两次婚，有的正在寻找另一半，有的早已有妻儿，有的不幸成了坟墓里的记忆。班上最有异性缘的男生今年也要结婚了，祝他幸福吧。

小时候的我们想着未来是“惊天地，泣鬼神”的。现在看来，现实并不会镶满巧克力。对了，班花嫁得很差，据说负债累累。还有一个温顺的女同学，最后竟成了所谓的“小三”。

生活啊，生活。这就是世间，再正常不过的世间。

小伙伴们，愿天长地久，各厢安好。

谢谢你，陪我度过这些寂寞的日子

如果回忆不在一瞬间枯萎，我会念起她，那个叫清的女孩子。单纯、理性而又温暖，像是一朵纯洁的百合花。

我喜欢她，像是喜欢纯棉布衣衫上自己的汗水。我们一起睡觉，一起看电视，一起吃饭，一起相亲。我们很少吵架，就算是吵架也会在坚持不久后和解。

但最终，我们不得不像其他闺蜜一样分开。

记得五月份，她的男友郑重其事地请我吃了最后一顿饭，说他们要结婚了，我又喜又悲伤。说不出来当时的感觉，只是眼泪在眼眶里打转。像是莫奈的画，没有声音，却阴郁。

“愿你幸福。”我在心里默默念叨。

青春，很寂寞，也很孤独。友谊仿佛总也留不住，甚至偏执地以为它输给了爱情。

跟自己的白马王子谈一场轰轰烈烈的爱情，从头到尾不怨不悔，走到心力交瘁，天荒地老。这似乎正是我们那个时代所憧憬的爱情。

其实，青春是需要伴侣的。

有你的日子，我感觉到了温度。谢谢你，结束了我孤独患者的生涯。

也许生命会开花，或许某一天，你成了知名大律师、大编剧；或许某一天，你已嫁作人妇，有了自己的儿女……

不管过了多少年，我依然会记得我们在一起的日子。

无花果树下的老家属楼，那青木的爬山虎，门口的老大爷，还有夏天温凉的风……

这个让我心疼的男人

于我而言，这个男人让我心疼。

看着眼前苍老而日渐幼稚的父亲，我只想静静地看着：欣赏他的骄傲，疼惜他的悲伤，没有其他父亲的威严，却在我内心深处根深蒂固的男人。

父亲的不易、沧桑与调皮，只有我深刻明白。

父亲还是个小男孩的时候，养了两只雕。不像金庸笔下描述的那样美好，贫穷的父亲，养雕是为了卖钱。可是不幸被村委会发现没收，并被批判了。

17岁那年，辍学想参加越战，可是最终因为大伯的军人身份，父亲没有被推荐。23岁，父亲被逼和母亲结婚，我能想象他当时的无助与孤独。一年后，我出生了，皮肤白，卷毛，大眼睛。父亲抱着刚刚生下来的我去大妈的房子里炫耀，没想到受了奚落，于是父亲跟大妈差点打起架来。

“父亲”这个词开始在这位年轻气盛的青年身上慢慢呈现。

之后，村支书因为父亲很快的富裕，所以一直派人来打击父亲。8岁那年夏天，在神秘而幽怨的村落里。一个黑影的男人靠近我，用着恐怖而沧桑的声音说：“今晚让你爸小心点儿！”

走在回家的路上，我一直在想：该不该告诉父亲，倘若告诉了，父亲会不会跟他们打起来；倘若不告诉，那么父亲会不会吃亏。

最后，我还是告诉了他。

之后，一场浩劫。

艰难的十八天过后，家里慢慢恢复了平静。我多么希望永远留在这温馨平静的日子里。

之后，父亲一直很忙，贩水烟，开照相馆，做工程……似乎真的很忙。这个男人，我越来越无法理解。

随后，弟弟的去世，让我明白了“中年丧子”是个多么悲伤的词。

从不流泪的父亲，那一天哭得让我感到揪心的疼。

面对父亲的悲伤，我无言以对，只是沉默。三年后，父亲再也没有提到过弟弟，可是他变得没有以前暴躁了。

滴滴答的停停走的，匆匆的人仿佛一瞬间。眼前的这位男人开始变得幼稚。每到节日，在儿子的坟前一待就是一天……

我心疼父亲，却爱莫能助。只希望尽自己的努力，让他平平安安、健健康康地活过每一天。

叽叽喳的忙忙乱的，一转眼来不及想念。

我对另一个我说：放松，呼吸，放松，呼吸……

生活在大城市的女同桌

“我生活不好，找了第一个男人，我们那什么了，我怀孕了。可是他跑了。我第一次做掉了自己的孩子。很快，我找到第二个比较老实的男朋友，他粗俗，脏话连篇。于是我走了。那夜下着大雨，我住在棚户区，上面的雨落下来，我用盆子接着。身体一直不舒服，我想那可能是打胎留下的后遗症……”一位女同桌漫不经心地讲给我听。

高二那年，我们过得很快乐。高挑的我们一直喜欢拿各科老师开涮。她纤瘦清丽，声音柔美，我想她的命定会比我好。

大学期间，我们分隔一南一北但保持联系。我们都认为前程似锦，处在一片光明的好年纪。

毕业后，我回到了西安，她去了上海。

一次，她来西安看我。“西北，真土。”她说。时尚的打扮，让我们一众陕西同学自惭形秽，人家到底是大城市里出来的。

可是后来，她经历了很多事。

我说："那就回来吧。西安人民随时欢迎你。"

她摇了摇头："回不来了……"

那晚，听完她讲给我的故事，我什么也没说，陪着她吃了很多冻酸奶。我深深知道这无所谓的表情里掩盖了多少辛酸与无助。

今年，她出嫁了。嫁给四川山区的一个小伙子，过得清贫。而我的朋友圈里，每天依然晒着美食、旅游和衣服。

我们曾经的理想都事与愿违。亲爱的女同桌，愿你平安。

也只是个替身

违背了上帝造人的起初愿望，那么就要翻倍偿还。娱乐圈的纸醉金迷，让好一众青年男女挤破了头，企图跳进这巨大的染缸，好像自己被粉饰一番，也是穿金戴银，红遍全城。

而现实呢？因为整容业的发达，或极高的相似度的长相，让一票男女冲锋陷阵，当起了别人的替身。贺刚，之于刘德华；贡米，之于张柏芝；王亚楠，之于范冰冰……可真如当初所算计的吗？势头能盖过当事人吗？

每个人都有自己的脾性、外貌，以及人生，从来不会存在谁是谁的替身。

我们想出人头地，其实只有一种办法：努力让自己活得坚韧、挺拔、意气风发、不屈不挠。像白杨，有自己傲人的身姿。

青春像一阕诗词，很快会被读完。倘若我们只是被复制的残篇，那么丢了又有什么可惜的呢？想要真正活出自我，必须付出血的代价。没有人随随便便可以成功，但是人随随便便就会失败。

替身？呵，还是算了吧。

月季可以当玫瑰，可夜里的芬芳，从来躲在深处。

有人叫屈：能做自己，谁愿意做替身呢？

亲爱的，这世界从来不会有坦途。《简爱》里说过：“人活着就是为了含辛茹苦。”牛萌萌被称为“小张曼玉”。可是命运呢？又有几个人记得她呢？而张曼玉历经风霜，一颦一笑，全是时光的雕刻。她经历过风雨，纵然花季凋零，坚毅的性格仍然使她阳光满怀，温暖慈悲。

从这种格局来看，世界上从来没有替身，也不存在替身。

逝者如斯夫，几十年过去，没有活着的痕迹，何其悲凉！

那么，就让我们把替身当作游戏里的一场短工吧。

要不然呢？

伍

巴洛克不眠夜【粗品艺术】

天才，本来就稀缺，他们应该受到我们的宽容与保护，而不是我们的恶意摧毁和抨击。趁他们还在，好好来爱护吧，因为终有一天，我们会因为他们的离去而抱憾终生。

天才，是用来保护的

——从“炮轰”周星驰谈起

来世，我愿做个普通人：有儿有女，子孙平安，父母健康，妻子相携，每天快快乐乐……

网络媒体的轰炸和抹黑事实的功力绝非一般，近来所谓的向太带着一帮人马来集体抹黑一代喜剧之王周星驰就说明了这一点。

只见到了向家势力的一味说辞，却从未见周先生澄清和回应。我想此时的周先生应该是看尽世事，笑红尘多无聊了吧。

黑帮权贵势力的强大与霸道，在各个影帝身上便做出了很好的折射。看回复，均称私下与周星驰不熟，又有大多人高调夸赞向太夫妇，表明立场。张某某曾在电影中与周星驰有过合作，他虽然认为对方很有才华，但也直言：“他的性格我就不清楚了，我们很少交流，我认为朋友要深入了解，其实我跟他不熟。”

刘某某多年前曾与周星驰合拍过电视剧，他表示对对方了解不深。而谈及向家夫妇时，则出言力挺，“向先生是个好老板，对所有人都很客气，他对我和太太都很好”。

也有人说过："我们的关系就跟电影合作伙伴一样，没有很多时间沟通，我只可以说现在、以前、未来我都是他的影迷。"

刘嘉玲曾在《大内密探零零发》中和周星驰合作，她近日受访时称欣赏星爷的才华。也忆述了当年与周星驰在片场相处的点滴，她爆料称："他每次老远看到我就九十度鞠躬叫嘉玲姐，我说不用那么大礼，他就说要的要的，我也搞不清楚他是开玩笑还是认真的，所以我就当真了。"

只能这么说：拼了这么多年，羽毛还在肉球里酝酿。然而，一个公众人物的形象是用三言两语就能造谣的吗？况且，今天是一个人人拥有网络话语权和最起码辨别是非能力的社会。

看周先生很少的几次采访时候的没落、天真而悲凉的表情，不禁让人心疼：是什么将这位喜剧天才折磨成这样？

柴静采访周先生的时候，周先生礼貌地回过一句："谢谢你懂得。"

浮生如斯，缘生缘死，谁知，谁知？情终情始，情真情痴，何许？何处？情之至！

天才都是天真、纯洁而孤独的。他们把自己毕生的精力都用在了自己看重的领域，哪儿有时间与权贵钩心斗角？

然而，天才的命运往往多舛，暂且放下"天将降大任于斯人也，必先苦其心志，劳其筋骨，饿其体肤，空乏其身，行拂乱其所为也，所以动心忍性，增益其所不能"。

只是，这样的天才让人那么心疼。

梵高生前生活潦倒，因精神疾病的困扰，曾割掉耳朵，之后，实在无法忍受人间疾苦，在法国瓦兹河饮弹自杀；海明威一生中的感情错综复杂，先后结过四次婚，是美国“迷失的一代”，最终叩响扳机，刹那间灰飞烟灭；张爱玲也是孤单清冷，受尽人世间折磨，最后一个人死在了公寓里。

天才，要的不多，仅仅是常人的尊重和简单的温暖。

然而，就这点也是千难万难，受尽冷眼与折磨。

在这个世界上，天才实际是上帝对人类的馈赠。可是，很多人偏倒于某种势力。天才们往往作为不合群的因素，被逐出门外。

呵，还是借用《青蛇》里小青的一段话吧：“都说人间有情，但是情为何物？真是可笑，连你们人都不知道，等你们弄明白了，也许我会再来。”

天才，本来就稀缺，他们应该受到我们的宽容与保护，而不是我们的恶意摧毁和抨击。趁他们还在，好好来爱护吧，因为终有一天，我们会因为他们的离去而抱憾终生。

上帝不会随时馈赠礼物，请爱护我们几代人的喜剧之王——周星驰！

黄逸梵：今宵酒醒何处，走进飘泊的孤雁

天涯在何方，鸿雁为谁忙

风沙狂，足印藏

浮云来回了几趟

说起这个女子，不免感到悲哀，因为总会在她前面加上几个字：张爱玲的母亲。很多现代人是看了李安的《色戒》知道了张爱玲，这个冷艳决绝、孤高清傲得甚至没有一点人情味的“世俗”女子。也是因为这三个字，人们见识到了“有其女必有其母”的风采。

她，就是黄逸梵。第一代出走的娜拉。

每个女子都有自己的梦，每个梦都有既定的轨迹。家里人给她取了一个具有古典气息的大家闺秀的名字黄——素——琼（后改名黄逸梵）。也算是含着金钥匙出来的孩子吧，说来她的爷爷确实威猛，乃是李鸿章的副手、得力干将，并掌管江南六省军权的黄翼升。父亲黄宗炎虽不像爷爷那样拥有赫赫战功，但也算现世安稳，继了爵位。官二代自然当得理所当然。在这样安然而富有的家庭中长大的黄素琼，自然有着一种贵族的气质，军人的血脉。那时的她，对这一切根本无从知晓，只是在大院里咿咿呀呀，紫藤花架下唱着古老的歌谣，一切就这

样开始了……

父亲的早逝，让这个不谙世事的女孩多了一份无人管束的“自由”，像是一个叛逆的不良少女。没有了严父，慈母唯一能做的也仅仅是束手无策：快长吧，长大了，早点儿嫁个人。

22岁很快到了。

门当户对，堪称金童玉女。她嫁给了“赫赫有名”的张佩纶的儿子——张廷重！当然，更令人吃惊的是他就是李鸿章的外孙，李菊藕的儿子。真可谓世交啊！这个男子相貌堂堂，仪表精致，懂国学，通洋文，一切看起来都是完美得无可挑剔。

然而，噩梦才刚刚开始。

这个“完美”化身的男子，也就是黄素琼的丈夫，有着坚固不可摧毁的腐朽的思想，有着末世遗老遗少的陋习，有着不抽死自己决不罢休的烟瘾。

面对此男，如何是好？离，还是不离？在这样一个禁锢保守的年代，况且自己已经是两个孩子的母亲了。此时的黄逸梵心里有了种种波澜，内心深处波涛汹涌。看着自己尚幼的孩子，执手相看泪眼，竟无语凝噎。

在张爱玲4岁那年，黄逸梵毅然决然跟着受国外新文化教育影响的小姑——张茂渊“私奔”到了国外，理由就是做对方的监护人。

这一走，便是千山万水……

尽管对4岁的女儿和3岁的儿子有着深深的愧疚，可那时的黄逸梵也有着向往自由和美好的天性，这一切又恰恰赶上了那个时代。黄逸梵是个美丽的女子：体态优雅，身材窈窕，高鼻深目，薄嘴唇，有点拉丁民族的感觉。据说当时黄家是明朝时期从广东搬到湖南来的，可能有南洋混合血统。头发不大黑，肤色也不白，但周身散发着一种罗曼蒂克的气质，佻脱而灵动。这样惊世的女子加上湖南人特有的勇敢，于是一切都这样发生了。她勇敢地成为中国的“第一代娜拉”。

惊艳的举动，总会惹来这个安静世界的慌张。

黄逸梵一直想找到自己的人生方向和人生的自由。她希望自己像鸟儿一样，呼吸大自然的芳香，感受旷野山林的魅力，跟着新思潮前进。她希望自己的另一半能跟自己是骨头与骨头的碰触，同呼吸共命运。然而，身边这位男子——张廷重，正在一步步远离她，最终使她沦落成一只从大洋此岸到彼岸的孤雁。

生涯在何方？要与谁比炎凉？

黄逸梵已经知道外面世界的精彩，再也无法容忍丈夫的堕落。于是，他们背道而驰。

岁月，写满了密密麻麻的故事。

黄逸梵毕竟朝思暮想着自己的两个孩子，她希望她的孩子们将来成为自己所想象的：有着新思想的进步青年，找一个合适的人结婚。然而，自己的儿子天生懦弱，因而只能努力培养自己的女儿张爱玲。她想让自己的女儿在国外上大学，找一个好的夫婿嫁了。

然而，一切似乎事与愿违。这个自己的亲骨肉在日常生活中笨得要命，甚至不能自理。她彻底失望了！毅然决然再次离开。这时，她也有自己的外国男友。在年小的张爱玲心里，这一切的一切似乎已经种植太深。

作为女人，黄逸梵在赚钱的能力上总是有着天然的缺乏，何况在那样一个年代。她每次都是带出去大批古董，之后两袖清风地再次回来。吃着祖上的遗物，生活也是无奈得“潇洒”。

张廷重后来虽然另外娶了女人，但对黄逸梵还是深爱得不能自拔，甚至是无能为力。或许，也只有黄逸梵有这样的魅力，说来也悲凉。

此时女儿张爱玲以优异成绩考取了伦敦大学，却因父母不愿出学费而被迫放弃。人的思想都是一步步积攒下来的，面对这样的困境，张爱玲更坚信了“女权”的地位。只有依靠自己的双手才能拥有广阔的天空。

张爱玲爱上了胡兰成。至此，也付出了惨重的代价：张爱玲的文字和故事本来是很受欢迎的，可是因为背着一个“汉奸妻子”的罪名，文章也显得没落了。而黄逸梵继续着自己的天涯路，张爱玲也走着自己的人生路。

一个先锋的孤雁，背着自己的行囊，今宵酒醒何处？杨柳岸，晓风残月。想想也是自己造就了女儿张爱玲悲凉的命运。也许，这一切都是从黄逸梵出生的那一刻就开始了……

后人都在骂黄逸梵的决绝和无情，可是有谁真正懂得她的美丽与哀愁呢？天涯何处量？ 心宽地自广。绿草绿， 黄沙黄，心安处就是家乡。

也许，只有那个和她有着一样骨血的女儿可以哀吟：“黄卷青灯，美人迟暮，千古一辙。”

蒋明，周迅，郁可唯

喜欢音乐的人很多。年龄越大，喜欢得越发挑剔。而偏偏钟情叫“蒋明”的这个男人，也可能是因为西北人吧，也可能是因为一首《苏州河》深深地打动了我：

诀别的人望一眼远方，眼底已没了忧郁。值得去爱的我全都已爱过。又何苦奉陪，强颜欢笑？为镜子里的自己鞠一个躬，向这些年的苍白说再见，我已没有言语只剩几次心跳，那是留给世界的孤单掌声。我像一块顽石，有一次俯视人间的弧线。我飞进苏州河的水底，变成它怀里自由的鱼。我像一块顽石，划过阳光灿烂的天空，亲爱的父亲别为我流泪，我是苏州河底快乐的鱼。诀别的人像远行游子，微风一吹过人间清凉。我曾是这个世界的宝贝，如今不知向谁说对不起。为我唱首快乐的歌啊，我的世界已没了惊慌。我还记得来时路你温暖的手，牵着我像孩子一样。苏州河，流啊流，我是水底快乐的鱼。苏州河，流啊流，岸上繁华是前世的光。苏州河，流啊流，一会儿春风一会儿冬。苏州河，流啊流，无风无浪静静地流。

总觉得非常真实诚恳，有着90年代的烙印。我喜欢这样发自内心的声音，当然也喜欢这男子低调的处事方式。因此，我很合理地喜欢上周迅，很多人说她如精灵一般，个人倒不觉得，只是感觉真实而可爱。电影也是卖力在演，丝毫不吝惜自己的体力。我喜欢这种敬业的女子，爱屋及乌地爱上了她的声音，当然也佩服她敢爱敢恨。

近些年，中国音乐界真是穷得可怜，邓紫棋的《泡沫》还可以听进去，但终究是一个涉世未深的女孩，还不具备深切感染人的能力吧。周杰伦结婚了，把80后的青春记忆带走了，新专辑也没有特别能打动人的中国风了。数来数去，年轻歌手郁可唯还是蛮喜欢的，不说唱功技巧，就是隐隐而缠绵的声音，足以融化整个冬天。

至于其他的，中国好歌曲苏运莹的单曲《野子》，获得25届最佳新人奖的李荣浩的《模特》新专辑……只愿好音乐与好歌手越来越多吧。

最后还是再回味一下周公子的声音吧："风喀喳，雨滴答。忍听老天一时无语。谁被谁打垮？人在哪，心在哪，留一卷放羊牧马图，在梦中溜达。看醉醒一念间，每个生涯只凭自己比划，走马看黄花，回首都是家。"沙哑而无比动容的声音……

我是中毒了，我是沦陷了

——看了《人间中毒》

一连十天被一个叫“金镇平”的上校迷得神魂颠倒，但凡有一点点自己的时间，都是躲在屋子里傻笑，在百度上搜出照片来，傻笑，再回味，便觉得愉悦起来。原以为：人到中年，心如止水。可那样的深情，那样的健硕，那样的俊朗，那样的沉默，那样的man，始终在脑海中品味再品味。一句：“不过我呢？我呢……见不到你，活不下去。觉也睡不好，什么都吃不下。而且呼吸不了。这里堵得慌，无法呼吸。”最后扣响扳机，打中自己的心脏，幸亏离心脏还有1厘米的距离。

一个男人能为你专一、深情，坚定地死，在这个时代是多么嘲讽的一个笑话啊！故事发生在越战期间。我不知道，那时候的人淳朴，还是这上校深情。只是不由自主想起张爱玲笔下的白流苏和范柳原，同样是一对璧人，面对感情也怀疑，也怯懦，只是唯有深情不可辜负，清晨在浅水湾，谈谈诗经多好。

国内，每年都会涌现出大量的爱情片，可真心觉得是粗制滥造。一句“我爱你”就是真情？一句草率的“我们分手吧”

就各奔天涯？一次肤浅的滚床单就“我是你的人了”？一个打胎就是“情到深处”的伤害？不明白是浮躁的社会现状感染了电影情感的抒发，还是电影影响了年轻的一代。情到深处，我想但凡是明白的人，都能感受到他/她的一颦一笑，用不着用大量强词夺理的事实来证明爱得有多深，有多坚贞。

一直觉得韩国的编剧真是用心在刻画自己笔下的每一个角色。而我们的呢？不是说没有好编剧。好的编剧当然是才华横溢的人，才华横溢的人必然有自己的坚持。可是这样的坚持在我们看来有用吗？导演宁可随流也不愿意引领潮流。像芦苇，说自己在手里的剧本还有14个呢，多少听得人有些心酸。这位塑造了很多经典角色的大编剧，在《前任攻略》《小时代》《致我们终将逝去的青春》等横行的年代，是否还能有不败之地。我在隐隐悲伤。可导演呢，我们也无法妄测他的不如意。

倘若一个爱情片，真的只是肤浅到用三个字来敷衍，那么我们可以倒退到寒武纪时代了。情到深处，唯金镇平是也。情不知所起，一往而深也。第二次死亡是在冬季。没有任何身份，没有任何头衔。再次参加越战，牺牲了。兜里只有一张照片，照片背面写着“我的爱”简单的三个字，这里包含了多少情深意重，生死相依，坚贞不渝。这估计就是元好问所说的“问世间情为何物？只教人生死相许”吧。很多年轻人，尤其是男人，觉得自己玩过的女人越多，谈资越大，其实错了，那只能证明你的肤浅，根本跟能力、深情无关。

好久没有看到这么耐人寻味的电影了。唯美的画面，男主干净的面容，女主矜持的深情，着实打动人。

真得感谢导演，给了我们这一众大龄单身女所谓的希望吧。不是嫁不出去，只是等那深情一片。姑且说成意淫，让人活得还有点盼头。

这是金大宇向我们讲的故事。而我们已然中毒，已然沦陷：金——镇——平！

阮玲玉：我算不算是一个好人

“起来抽烟吧，起来喝酒吧。”蝴蝶儿飞去，心亦不在。

华灯初上，那个在角落里哀伤的、温婉的、妩媚的有着酒窝的女子在哪儿呢？

“我现在一死，大家一定以为我是畏罪，可是我何罪可畏？我一死何足惜呢？不过还是怕人言可畏，人言可畏……

季珊，没有我，你可以做你自己喜欢做的事。

季珊，我对不起你，令你为我受罪。我死后有灵，一定会永远保佑你。

季珊，我死后一定会有人说你是玩弄女性的恶魔，更会说我是个没灵魂的女性。我做梦也想不到这么快就要跟你死别。但请你节哀为要。我对不起你，令你为我受罪。

季珊，过去的张织云，今天的我，明天是谁？我想你自己知道。”

阮玲玉绝笔

“我根本没有什么对不起张达民。可是他却恩将仇报，以怨报德。外界不明白，还以为是我对不起他。还有什么办法好想呢？唯有一死了之。

张达民，我已经被你逼死了。但是不用哭，也不用悔改。因为事情已经到了这个地步。不过我很后悔：我不应该成为你们两个人的争夺品。但是，太迟了……”

阮玲玉绝笔，三五年三月七日午夜

凄清长夜谁来？拭泪满腮：是贪点儿依赖，贪一点爱。

“季珊，季珊。你爱不爱我？”

繁华怕孤单，她的一生就此落下了帷幕。书写了别人的传奇，哀伤了自己短暂的一生。她，一个在电影界不可磨灭的身影——阮玲玉！

她出演《挂名夫妻》，成功地塑造了一个万恶旧社会里的弱女子形象；她出演《情欲宝鉴》《故都春梦》《桃花泣血记》《玉堂春》《神女》……成功塑造了受尽豪绅阔少、流氓恶霸玩弄和压榨的风尘女子形象；她出演《野草闲花》，塑造了为争取婚姻自由，打破传统思想的少女形象；她出演《新女性》和《三个摩登女性》，又惊人地塑造了知识妇女的形象。她演绎的人物大多身世悲惨，历经坎坷，屡遭磨难而奋斗不息，虽然最终都是以自杀、出家、入狱、惨死为结局，但都能保持善良正直的天性和纯洁美好的心灵。

这一切似乎都与她的身世不谋而合。

1901年4月26日，阮用荣与妻子何阿英在结婚四年后，生下了一个漂亮的女儿，父母为她取了个乳名叫凤根。

小小的凤根跟着操劳的父亲，平凡而温暖地过着拮据而温馨的日子。直到有一天深夜，父亲回来时卧倒在屋前的积水中，手里紧握着一个被水浸湿的小纸包，里面是给凤根的礼物——用彩珠串成的耳环。

这是父亲最后的礼物了，只是留有遗憾：有一天，一家人高高兴兴地去电影院看场电影。

小小的凤根，也就是后来的阮玲玉，最后走上了银幕。这是否跟父亲的遗愿有着千丝万缕的牵连?

没钱的日子是相当难熬的。

16岁的阮玲玉迫于生计，不得不从崇德女校退学。依着招聘启事考《挂名夫妻》的女主角。

她是幸运的。卜万苍导演看到她便一口敲定就是她了。他意犹未尽："你们看，她像永远抒发不尽的悲伤，惹人怜爱。一定是个有希望的悲剧演员。"

果然是慧眼识珠。他的话在阮玲玉的银幕生涯中的29部电影里得到了印证。

阮玲玉从《挂名夫妻》开始，就在影片中饰演各类不同的角色，塑造了社会各个阶层的妇女形象，有正派角色也有反派角色，由少女演到老年，从旧社会的殉葬者一直到为人民利益而奋斗的先进女性。然而，这些人物都有一个悲惨的结局。这些充满悲剧色彩的银幕形象也就是旧中国千百万苦难妇女的缩影。她们的不幸遭遇震撼着人们的心灵，激起了观众无限同情和共鸣。

不是科班出身的阮玲玉为何能将这么些女性角色扮演得如此惟妙惟肖，也许，正是来自她那些许相似的经历吧。

有时，人生如戏！

16岁那年，母亲被诬陷偷了主人家的钱，被赶了出来。少爷看上了这阮姑娘，就此帮忙安排住所，抚慰心灵。人在特别无助的时候，往往会轻易接受一份感情。少女时节的阮玲玉被张达民这位外表呆板的少爷感动了，就此献上了自己年轻的身心。

张达民虽说是少爷，其实是个虚头，家里并没有多少银子。张达民有妻子，所以给阮小姐的最多也不过是个姨太太的名分。少女怀春，只相信：山无棱，天地合，乃敢与君绝？

阮玲玉痴心爱着张达民。看看这张大少爷，一次次拖延婚事，一次次伸手要钱去赌博。阮玲玉，一直对张达民抱有希望，希望他能像《故都春梦》里的男主一样浪子回头。

然而，一切似乎都事与愿违。

张达民不仅在好几次阮玲玉介绍的公差里放了鸽子，而且公然表示只是看中阮玲玉的漂亮模样，高兴时叫她服侍服侍。张无情的话语彻底击碎了不堪一击的梦，阮小姐提出分手。可是这个魔鬼竟无耻提出要分手可以，但每个月要补贴他一百元，贴足两年。阮玲玉答应了， 她甘愿用金钱换取明天。

很快，茶叶大王唐季珊就迫不及待地闯进了阮玲玉的生活，扮起了富贵而可怜的角色。与可怜的阮玲玉惺惺相惜呐！

连朋友们也说“他当然比张达民好”。

很快，阮唐同居了。可是张织云打来电话：“我跟了他两年，被他玩弄了两年。他玩弄女性，喜新厌旧。我断送了自己，我的黄金时代就这样被糟塌了!他找到了你，背后跟人说‘玩一个比张织云更红更漂亮的女明星’。玲玉，你我不熟悉，可我们是同行，希望你别再走我的老路，你戏演得好，比我有成就，更要珍惜自己，千万要珍惜啊!”一声呜咽，电波那头是苍凉，这头呢……

阴魂不散的张达民，阴险狡诈的唐季珊？两个男人不顾及阮小姐的感受，毅然在媒体大肆开战，将事情对簿公堂。

太难了，人活着太难了；或许，只有死是容易的。她把几十颗安眠药倒进母亲为她烧的八珍粥里，一口口喝下去，结束了年轻的生命。

“人们一定以为我畏罪，其实我何罪可畏？我不应该做你们两人的争夺品……”阮玲玉带着无尽的悲伤和解脱，像蝴蝶一样在暗夜里飞走了，他日春燕归来，不知会栖息在哪户人家？

蝴蝶儿飞去，心亦不在……

大师缺失的年代，谁温暖了你的内心

——从世界杯说起

“亚昆塔，点球！点球！点球！格罗索立功了，格罗索立功了！不要给澳大利亚队任何的机会。”

“伟大的意大利的左后卫！他继承了意大利的光荣的传统。法切蒂、卡布里尼、马尔蒂尼在这一刻灵魂附体！格罗索不是一个人在战斗，他不是一个人！”

“托蒂，面对这个点球。他面对的还是全世界意大利球迷的目光和期待。”

……

世界杯又一次叩响球迷的脑门，炎热的夏季似乎总也抵挡不了激情的诱惑。啤酒，炸鸡，拖鞋，油条，豆腐脑，世界杯。

你们准备好了吗？

一场体育的竞技，不知道从什么时候开始已经成为代表了男人野性和狂欢的节日。坐在电视机前的我们喷薄着蓄势待发的荷尔蒙。

好吧，那我们就放下一切，好好看场球赛吧。

可是绞尽脑汁，连脑浆都在门缝里涂抹了好几遍，也想不出要看哪位球星。贝克汉姆？别闹了。

“史上第一盘带之魔”加林查，原名曼努埃尔·弗朗西斯科·多斯·桑托斯。1933年10月28日诞生于距里约热内卢50公里外的Pau Grande镇。“当曼努埃尔一降生，接生婆就发现他的腿是扭曲的”，《加林查传》中这样记述道：“左腿向外撇，右腿则向内，他是个天生的畸形。”曼努埃尔长大后，曾做过一次腿部的矫正手术，不过他走路时姿势仍摇摆起伏，加上他身形瘦小，看上去像一只小鸟，便得到了“加林查”的绰号。

1955年，22岁的加林查首次代表巴西国家队参赛，其艺术生涯也随之拉开帷幕。由于一条腿比另一条腿短6厘米，反而造就了加林查独特的盘带技术，对手也因此总是摸不清他的下一步动作，因为他的动作总是那么匪夷所思。1958年，身为右边锋的加林查首夺世界杯，在5:2击败瑞典的决赛中，巴西一度以0:1落后，但瓦瓦两次破门反超比分，奠定了比赛基调。在瓦瓦这两个关键进球背后，都有一个舞动的身影，两个进球都由加林查助攻，而且过程如出一辙，都是由他在右路突破后卫，随后传中助瓦瓦破门。1962年智利世界杯，巴西失去了受伤的贝利，但仍笑到了最后，因为他们还有加林查。在淘汰赛3:1胜英格兰、4:2胜智利的比赛中，加林查各进2球，尤其是面对东道主智利队凶狠的杀伤性踢法，依然发挥出色。在决赛中，加林查和队友一道3:1击败捷克斯洛伐克，第二次捧起世界杯。

1966年世界杯，巴西1:3负于匈牙利，这是加林查在国家队的最后一战，竟然也是他一生中身披巴西黄衫的唯一一败。

在加林查的国脚生涯中，60场比赛52胜7平1负，打进12

球。另外一个现象是，当加林查和贝利同时在场时，巴西从未输过球。可是，1983年这个爱和小鸟说话的天才足球艺术家因为酗酒，走向了遥远的天堂。

再提一下罗伯特·巴乔，意大利飞扬的“圣辫”。因他那双令人心碎的像地中海一样的幽蓝色眼睛，被人称为“忧郁王子”，他是90年代世界足坛的一个传奇。1967年2月18日，巴乔出生于意大利维琴察市卡尔多戈诺镇一个富裕的大家庭里。

1982年巴乔在意丙维琴察队开始了足球生涯。而那一年正是意大利夺得他们第三座世界杯的年份，也是15岁的巴乔开始梦想世界杯的时候。1988年11月16日，巴乔首次入选国家队，参加了对荷兰队的比赛。他出色的得分能力、独特的进攻意识、优美细腻的脚法令行家们欣喜若狂，在以防守为生命线的意大利足坛，这样具有艺术天分的球员太难得了。1990年世界杯小组赛，巴乔就是抓住了这次来之不易的机会，攻入了该届世界杯上最精彩的一次进球，他像蝴蝶穿梭于万花丛中一样，轻舞飞扬般将球射进了捷克斯洛伐克的大门，一时整个亚平宁半岛为之倾倒！1993年巴乔获得了“世界足球先生”的称号，成为世界顶级巨星。

1994年的世界杯是巴乔职业生涯的最传奇时刻，他凭借5次进球将意大利队送入决赛，又在决赛中将关键点球罚失，使意大利痛失冠军。在落日余晖下，巴乔忧郁绝望的眼神、清冷孤傲的背影和他与生俱来的艺术气息交相辉映，成为那届世界杯上最唯美的画面。2004年5月16日，巴乔在圣西罗球场走完了自己职业生涯的最后一战，在全世界球迷的注目下含泪离开了他热爱的绿茵场。“忧郁王子”从此告别足坛。

大师们似乎总与诱人的故事剪不断，时至今日我们还会看到足球的艺术吗？还能领略大师的风采吗？

当然，细细想来，还有像内马尔、卡卡、克里斯蒂亚诺·罗纳尔多等这些在绿茵场上如雷贯耳的名字。可在我们脑海中盘旋的第一印象是什么呢？大牌？产业链？绯闻？

留下的还有什么呢？

难道我们看世界杯看的真是寂寞吗？还是仅仅为机械式的流水工程：

进攻，如排山倒海、行雷闪电、神出鬼没、流水行云、一锤定音；

防守，似铜墙铁壁、万里长城、滴水不漏、一夫当关、万夫莫开；

过程，是刀光剑影、五花八门、跌宕起伏、扑朔迷离、风云突变；

结果，乃峰回路转、正中下怀、大跌眼镜、柳暗花明、悲喜交织；

观众，却兴高采烈、载歌载舞、如痴如醉、呼天抢地、声嘶力竭；

球迷，更废寝忘食、神不守舍、提心吊胆、心力交瘁、迟到早退。

好吧，那就成全了这31天激情的狂欢。可是狂欢过后呢？我们还记得球场上哪位的身影？体制之下的流水工程，哪个又能抵达我们柔软的内心？商业之下，人性在球场又有几分真实？当我们在满足淋漓作秀的时候，是否会怀念大师辈出的年代？同样的世界杯，当年的豪情、纯真和激奋都去哪儿了呢？

当今的世界杯会温暖你我的内心吗？与其说是世界的狂欢，不如说是一个人的寂寞。

施瓦泽曾经在世界杯预选赛的附加赛中扑出过两个点球，托蒂应该深知这一点，他还能够微笑着面对他面前的这个人吗？10秒钟以后他会是怎样的表情？

熟悉的声音已经刻进脑海，新来的声音似乎从来断路。大师，不是单纯的球技，而是一种最质朴、最原始、没有被商业玷污的人性。换句通俗的话说：大师一定是叛逆的，不叛逆、不另类还叫大师吗？

记得高晓松说过，大师们似乎是扎堆来到这个世界的，又扎堆走掉，文学是，音乐家是，足球亦是。

但这真的是上帝之手单纯地操纵吗？一个被体制化了的队伍怎么突出个人？难道肖申克的救赎是每个自然人必学的人性法则？

大师不再。每个夜晚，天空中莫名多了些寂寞的种子，于是，谁刺痛了谁的内心？冷漠在节日里又给谁增添了新衣？

倘若靠近温暖，那么就让体制见鬼去吧。留一点儿人的味道给温暖的身体。大师走了，新的大师还会降临，We will rock you！

诗歌“高贵”，却足够“廉价”

若以文学体裁论断，偏执地认为“诗歌”是这里的贵族。可是看到斑驳而沾满创伤的名字：海子、顾城、卧夫……让小女子我始终愉快不起来。

诗人，有着天生的忧郁和悲怆。他们单纯率性而又惹人怜惜。徐志摩写下：“但我不能放歌，悄悄是别离的笙箫；夏虫也为我沉默，沉默是今晚的康桥！悄悄的我走了，正如我悄悄的来；我挥一挥衣袖，不带走一片云彩。”这是如何的温软细语，那时候的林徽因正值花季年龄，芳香的康桥好像是为这年轻人组成的诗稿。

从明天起，做一个幸福的人。喂马，劈柴，周游世界。从明天起，关心粮食和蔬菜。我有一所房子，面朝大海，春暖花开。从明天起，和每一个亲人通信，告诉他们我的幸福。那幸福的闪电告诉我的，我将告诉每一个人。给每一条河每一座山取一个温暖的名字。陌生人，我也为你祝福，愿你有一个灿烂的前程；愿你有情人终成眷属；愿你在尘世获得幸福。我只愿面朝大海，春暖花开。

海子，终究是令人悲怆的，尽管写过这首《面朝大海，春暖花开》，我却不知道为什么，在面对这些温暖的字眼时，怎么也无法温暖起来。想抱着这个忧郁的年轻男人哭一场。可惜他已不在。

顾城，在激流岛以最惨烈而极端的方式结束了自己和爱人的生命……

前人死去，后来的诗人像文艺青年一样，总是一批一批被淘汰，被新生。

《再喝一杯 ——给那个凌晨时分让我想起的陌生的人》

“再喝一杯，你就会松开紧握的拳头，坐在对面宽适的椅子上，哭着，对我说你从不愿说的话；再喝一杯，你就不会再怀疑，正午时分我在墙壁上楔入的那枚钢钉（你的居室幽暗又空荡，你的肖像画脱落。摔碎在地，而鹰之眼因敌意幽闭）；再喝一杯，你们就会站在黄昏的风里，握手言和，并忘却没有星辰的昨夜。”

这是一个陌生而熟悉的男子所写的诗歌，我欣赏，但始终不敢直面，因为他患了严重的忧郁症。晚上他经常会给我打电话，仿佛通灵的只有这些隽永的文字。

诗歌，是一种高度接近灵魂的方式。

可是浮躁的年代。周某得了鲁迅文学奖；乌青体火了，自创一派；脑瘫诗人余秀华备受网友争议。我陷入了沉默。

诗歌，在这个时代是不能吃饭的。可是，我们完全有理由让自己驾着轻轻的白帆，看空中自由飞翔的大鸟……

贵族，不是糊口，请不要怨言。

廉价，不是奖杯，请不要侮辱。

尊重文字，抚摸撼动文字的灵魂。轻浮的空气，我们需要这低调的呐喊、纯真的表达。

希望，诗歌不悔。

中国的文艺都死了吗

——泛说“郭”和“韩”

好几年，甚至十年。文艺的边缘线上一直徘徊着两个并非偶像的“偶像作家”，一个是韩寒，另一个是郭敬明。与其说是两大战团，不如说是两个人各拉着一队人马，在经济大爆炸的时候，顺手捡了个便宜。

这时候，当然一定会有××狂喷唾沫星：“你是吃不到葡萄说葡萄酸吧。我们家小四多努力，你看到了吗？”

稍安勿躁。我们在这里聊到的是文艺，并不针对个人。看小四的文采，确实乱诌几句华丽的辞藻还是可以的，毕竟他成名太早，只是一个不谙世事的少年。至于韩寒，与其说是天才，不如说是被其父披了将军的战袍，只擅长在战场中舞弄花拳绣腿。读者们看得不亦乐乎，大声称赞极好，极好。

这一场郭韩之间的战争，注定要压上两个“磨刀霍霍”的砝码。我就不在这里啰唆了： 小孩子不懂，成年人笑笑。

高晓松是我比较喜欢和佩服的文艺男青年，就那一张偌大的包子脸，还被笔者如此苛刻的文艺女青年追捧和热爱得无以言状，便可知文艺不是靠脸吃饭的。他说：“大师其实是上帝对人类的馈赠，可是略显悲哀的是，大师总是成群地出现，成群地消失。英国曾有多愁善感柯尔律治与骚塞，以及激情如火的善于行动的拜伦、雪莱，还有温柔安静的济慈；法国有……文艺在这一票人身上如火如荼地绽放、闪耀。”

20世纪初的中国确实是文艺兴盛时期，历史的变迁总能带动一大批精英，如梁启超、徐志摩、林徽因等。紧接着革命的战火造就了刀锋上的鲁迅，以及之后的一大批至纯至性的追爱作家如萧红、张爱玲、三毛、琼瑶等。爱与自由在当时被这一群漂亮的女人引领，场面确实震撼。之后的王朔、石康还算比较真诚的作者，王朔在蛰伏很久之后出了一本《我的千岁寒》，恕小女子孤陋寡闻：确实没太看明白。私以为，过分晦涩的描述，是对读者的不负责。当然王属于前辈，他编写的很多电视剧，我还是非常喜欢。但是王叔叔真正适合的还是影视剧。

七八十年代的新生作家中，安妮宝贝是我喜欢的一位作家。慕容雪村也还不错，起码有70后最起码的良知和诚恳。但是到了80年代，大部分是用金钱砸场的，不是抄袭就是炫耀，有几个有着深刻的文学修养和“真善美”最起码的品行？也许是时代造人吧，浮夸的作者出现在浮夸的年代，也就不足为奇了。

但历史是浩瀚的。文学在历史的道路上也如丝绸般，有着小小的温暖而愤怒的印记。中国当代谈文艺恐怕成笑话了，但硬要说文艺已死，那也言过其实了。

文艺不过是熟睡的狮子，也许马上就要崛起了。

那么“伪文艺”该何去何从呢？郭、韩到底何去何从呢？

我想：历史会给出比较令人满意的答案。我们拭目以待！

萧红：断肠声里忆平生，谁念西风独自凉

落花无语对萧红，为什么所有走进她的男人，都会爱上她？哪怕她贫病交加，身怀六甲，生命垂危！

她是一种很强大的真实。她裸露的不是身体，而是灵魂。她用她的全力去爱，她的爱让她爱的男人变得强大起来、骄傲起来、随心所欲起来。然后，她第一个被伤害。她的强大让男人下手很重。其实，她是很疼的。所以，她不停地写作，寂寞和抚慰都来自写作。在梦中长大的孩子，都是极端孤独的。她在写作中寻找她的故乡、亲人；寻找穷人、妇女和儿童。她在书写中静静地呼吸，燃烧起来，记忆之火如此温暖。她一生追求爱与自由，在这充满暴力的、奴役与欺侮的社会中，从故乡到异乡，从异乡到异乡……

“三十年代的文学洛神”、《呼兰河传》《生死场》，这是一个女子留下的足印。这足印有多深？很少有人能踏得出她的分量……

“从祖父那里，知道了人生除掉冰冷和憎恶而外，还有温

暖和爱。所以我就向这‘温暖’和‘爱’的方面，怀着永久的憧憬和追求。”让我们从这句话打开她传奇而孤苦、温暖而冰凉、幸福而沧桑的一生吧。

她是萧红。

一个20世纪30年代的文学天才，一名勇敢的斗士，用自己柔弱的身躯坚决地对抗封建家庭，对抗流离的年代，对抗落后而又腐朽的思想。她拒绝既定，拒绝平庸。她的人生一如她的文章：赤裸裸，真性情。散文式的小说，将北方乡村荒凉旷野下人们的生存状况、风俗文化，第一次如此逼真、如此原生态地带入文坛，使文坛既陌生又无限新奇。她，从来未被超越。

萧红，原名张乃莹。“1911年，在一个小县城里边，我生在一个小地主的家里。那县城差不多就是中国的最东最北部——黑龙江省——所以一年之中，倒有四个月飘着白雪。”这是她在《永久的憧憬和追求》里的文字。也许，就在这样的家庭里，这样的时代里，一个爱做梦的孩子已经悄然成长。童年时代，母亲就过世了，留有一个暴躁而专制的父亲。在这个有着“早醒而忧郁的灵魂”的女子的记忆里，父亲对老人、小孩、女性都是缺少关爱和尊重的，是一个为着贪婪而失去人性的人。

而这一切，与幼小的萧红形成了鲜明的对立。小时候的萧红顽皮、可爱又善良，同时在这样的生活里也有着悲悯，对祖父，对下人，对自己……她的童年是孤寂而温暖的，没有父母的爱，却有着祖父无邪的娇惯，她说：“祖父，后园，我，这三样东西是一样也不可缺少的。”童年的后花园不仅是她的乐园，也是她后来创作现代文学史上经典意象的源泉。

女孩，总是要长大的。

19岁时，家里人给她挑选了一位门当户对的人家。然而，为了新文化的不朽，她毅然选择逃婚！谁料，这一走，就再也回不来了……

她先后辗转到青岛、上海、日本、北京、西安、武汉、重庆和香港等地。她对饥饿和战乱有着刻骨铭心的痛。她是可怜的，“只有饥饿，没有青春”这样干脆而荒凉的字眼怕是只有经历过饥寒交迫的人才会声声重击吧！

“起来，不愿做奴隶的人们。把我们的血肉，筑成我们新的长城。中华民族到了最危险的时候，每个人被迫着发出最后的吼声。起来，起来，起来！我们万众一心，冒着敌人的炮火前进！前进！”

当历史在嚎叫的时候，时代的先锋也只能拿起锐利的笔，尽管体弱多病，尽管苍白瘦削，尽管早生华发。作为“五四儿女”，她不屈服于命运的安排，不断抗争。她用诗词表达：七月里长起来的野菜/八月里开花了/我伤感它们的命运/我赞叹它们的勇敢。

如此这般锋利的女子，到底谁人能碰得？

1932年夏天，为了生存，萧红和包办婚姻的那位男子有了骨肉，然而生活是需要金钱的。在日渐贫困的日子里，男子回家了，萧红却被困在当时哈尔滨市道外区的一家旅馆里，这个旅馆的名字叫“东兴顺”，眼看着男子没了音讯。于是她向《国际协报》写了一封求救信，而此时的萧军正是该报的自由撰稿人。他受该报的一位副刊编辑委托，前去探望并准备解救萧红。豪侠而富有正义感的萧军很同情萧红的悲惨处境，更被她的文学才华所征服，他决定“拯救这颗美丽的灵魂”。于是，传奇便这样开始了，就像萧军所说的，他们是“偶然相遇，偶然相知，偶然相结合在一起的‘偶然姻缘’”。

然而，再传奇的情侣，都要经历琐碎生活的洗礼。二萧走在一起，是因为他们都有着流浪汉式叛逆的性格——“不管天，不管地，不担心明天的生活；蔑视一切，傲视一切……这种‘流浪汉’式的性格，我们也是共有的。”

萧军说：“她单纯、淳厚、倔强、有才能，我爱她。”

萧红说：“我爱萧军，今天还爱，他是个优秀的小说家，在思想上是同志，又是一同在患难中挣扎过来的！”

就这样你侬我侬。

这期间二萧合作写书出书，几次辗转，拜见了鲁迅。萧红的《生死场》、萧军的《八月的乡村》的出版都有鲁迅的资助。鲁迅亲自为萧红的《生死场》把关、修改，并写了序，还请现代著名作家、评论家胡风写了跋。鲁迅非常欣赏萧红的爽快性格和文学才华，多次向国内外同行推荐她的作品，称萧红是“当今中国最有前途的女作家”。人生难遇一伯乐，这也是萧红在香港听说鲁迅先生去世的消息崩溃的缘由了。

二萧有着诸多相似之处，却终有着天壤之别的性格、选择与追求。

萧军，终归是个讨女人喜欢的男子，他也拒绝不了这种喜欢与爱慕，在房东家里与房东小姐勾搭，之后又和萧红的闺蜜在一起。任凭这女子的胸怀再广，她也容不得这种背叛。

萧红伤心了，她厌倦这种不忠，真心受够了。

萧军说：“我爱的是史湘云或尤三姐那样的人，不爱林黛玉、妙玉或薛宝钗……”这一切，原本就应该是结束的，或许开始就是一个错误。

萧红怀着萧军的孩子，嫁给了端木。她想：这下总该平静了吧。

然而，战争年代，流离失所。灾难来临时，最能体现一个人的懦弱：端木，一个人跑了，像是人间蒸发……

萧红体虚身重，在香港很快就病倒了。身边仅有一个刚出道的小作者——骆宾基。萧红说：“不以诗名，别具诗心”。她认为：“有一种小说学，小说有一定的写法，一定要具备某几种东西，一定写得像巴尔扎克或契诃夫的作品那样。我不相信这一套。有各式各样的作者，有各式各样的小说。”也许，正是她这种赤子的心、明亮的爱，给了这乱世一抹光亮，让新的作者再次读到了希望。就在她命不久矣的时候，骆宾基还表现出爱慕而不可亵玩焉的尊重与怜惜。

1942年1月22日，年仅31岁、创作了100多万字的作者萧红病逝，葬于浅水湾。留下《生死场》《呼兰河传》《小城三月》《马伯乐》……可怜“叶落他乡情难酬”。萧红临终苦言：“我将与蓝天碧水永处，留得那半部《红楼》给别人写了。半生尽遭白眼冷遇，身先死，不甘，不甘！”

无边落木萧萧下，不知道这东北的燕儿是否已经回到了呼兰河？

娱化时代，谁给谁脸上甩了一记狠狠的耳光

——浅谈周杰伦的歌曲

什么？周杰伦的歌曲小学语文教材要收入？

不会又是炒作吧？

可是，笔者真愿意这仅仅是一个哗众取宠的笑话，而不是荼毒一代人的“良药”，安乐死远比残殇更加可恶。

暂且放开周杰伦这个“如雷贯耳”的名字，单看《蜗牛》的歌词吧：该不该搁下重重的壳 /寻找到底哪里有蓝天/ 随着轻轻的风轻轻地飘 /历经的伤都不感觉疼 /我要一步一步往上爬 /等待阳光静静看着它的脸 /小小的天有大大的梦想 /重重的壳裹着轻轻的仰望 /我要一步一步往上爬 /在最高点乘着叶片往前飞 /任风吹干流过的泪和汗 /总有一天我有属于我的天……笔者笑了：倘若将它收录于小学语文课本当中，亲爱的，应该将其归于哪一类呢？诗歌？古代诗，还是现代诗呢？

别逗了！我们来简单说说歌词与诗歌的区别吧。歌词与诗歌当然都是一种言志的精悍的表现手法，然而抛去形式上的区别，单从语言上说，歌词更口水化，诗歌更书面化；从感情基

调上来讲，歌词更加直白而激烈，诗歌则隽永而深沉。

当然，部分读者会说，任何时代都有自己在文学方面的表现手法，例如唐诗宋词元曲，在当时也不过是文人用来抒情的一种手法而已。文人骚客情绪激动，会小唱几句："今宵酒醒何处，杨柳岸晓风残月。"相思的话，也是信手拈来："明月几时有，把酒问青天，不知天上宫阙，今夕是何年？"千金难买，知音难求，一激动便是："劝君更尽一杯酒，西出阳关无故人。"也是观景，也是看世界，李白随便一扔："飞流直下三千尺，疑是银河落九天。"

跟随着潮流者当然会用着傲娇的言辞说：已经out的节奏，拿什么和我们周董比拟呢？

亲爱的，笔者很能理解你的气盖山河，当然也明白你的"江山代有才人出，各领风骚数百年"，明白小学语文课本里面换换新花样，让孩子们学学也是好的。但这绝不是一个口水歌的应用。现代诗人这么多，我就不相信抓不到一个小小的表达奋斗和理想的诗歌。笔者深深的不明白，有关教育专家为何要将《蜗牛》收入小学教材，难道是时代迫使吗？我们要进步，要创新，要紧跟时代，要与世界接轨，可我们不能打着潮流的幌子。如果仅仅重视明星效应，连小学生的教育都明星化、偶像化、潮流化，那么我们的明天在哪儿？

我们真的该静下心来，想想祖国的未来，祖国的文学。想想我们该如何重视的文化传统与发展，而不是已经扭曲的全民娱乐。

看到“小学语文教材收入周杰伦歌曲”这则新闻，我不知道该如何感想，是否该深刻地思考一下呢?

如果说这仅仅是一则简单的新闻，那么这一记狠狠的耳光是扇给谁看呢?

PS：当然周杰伦只负责唱歌，在这里也是无辜躺枪罢了。

中国的观众，我想跟你们谈谈

凌晨两点钟，大部分人已经进入了梦乡。可是，在翻看微信的时候，一篇名为《范爷“名花有主”承诺<白发魔女传>破10亿晒男友》的文章一不小心映入眼帘，竟无端激起我的愤怒，差点岔气。

于是，嗜睡如命的我毅然决然地从床上爬起来，狠狠喝了两大杯浓茶泡咖啡。

我想问的是：亲爱的观众，现在看电影就凭个忽悠和噱头吗？咱不说远的，就说范爷这个承诺吧。《白发魔女传》破10亿？呵，这什么论调？一个老掉牙的剧情，居然敢有这般赤裸裸的炒作。

我们来仔细扒一扒中国人看电影究竟在看什么？与其说是看剧情，不如说是凑热闹、看美女、观帅哥。《富春山居图》一个拍的不伦不类、毫无思想可言的电影，居然在短短数日，破了几个亿。在这儿，不得不说中国人真是乘着改革开放的春风都富起来了，富得居然迷失了方向。

一个奔三的单身朋友，单单一个《致青春》竟看了三遍，每次都还装着北京的金山下收获无限大的样子，好像看了这电影便可以扬眉吐气，跟上潮流。我在网上看了个简介，便觉得百无聊赖，不就是学校那点事儿嘛，只不过打了个青春还旧的幌子。有这时间，不如躺在床上看看《东史郎日记》。没想到，这厮出言：“你已经out了，连《致青春》都没看过，还算青年人吗？”接着便是花痴表情：“韩庚太帅了！”哇唔——我还是转过头继续看我的书吧。可票房这么高是怎么回事儿呢？

撇开影视这块，咱们再说说书本吧。本来应该是诚恳求学的地方，现在却成为博取眼球的地方。木子美之流可以光明正大地登上大雅之堂，《丰乳肥臀》单凭一个名字竟可以畅销，连足球界运动员都来分一羹，成为畅销书作家了。亲爱的读者呀，我们读书是为了什么？难道就是听别人的忽悠吗？别人说砒霜是奶粉，我们就欣喜若狂地吃掉吗？纯纯净净的文化思想在哪里呢？多数媒体人的信仰俨然已被金钱俘虏，观众和读者在鱼龙混杂的市场已经被蒙蔽，真正的良心之作、艺术之品又在哪里呢？抑或已经寥寥无几，想想顿时心塞。

多嘴吐槽一下音乐界的那些神曲，什么《小苹果》《伤不起》《爱情买卖》《老婆最大老公第二》之类，听后的心情难以名状。记得某日出门逛街，高大上的购物步行街飘来歌声“小三也有苦，小三也有无奈，小三的眼泪只有往心里埋……”哎！如此堂而皇之，我也是醉了。

中国的文化还得靠观众和读者，你们的趣味引导市场和流向，民族的文化要进步得靠你们的选择。真正的灵魂工程师引导一个故事的走向，影响一个民族的精神和人们的审美情趣。没事儿不妨看看美剧贵在哪里？韩剧好在哪里？倘若还是执意要看手撕鬼子，那还是洗洗睡吧。在深夜里给那些思想者唱起艰难的挽歌：

小巷
又弯又长
没有门
没有窗
我拿把旧钥匙
敲着厚厚的墙

还好有，晓松

——如丧，我们终于老得可以谈谈未来了

喜欢这个男人是最近几年开始的。颠覆了我传统意义上的审美、情趣和嗜好。可是掠过娱乐圈这么多人，脑海中，他居然占了很大的分量。

“我猛烈建议大家第一次去梦回之地都选择开车，那些路牌上逐渐缩小的里程是生活的礼物一层层被拆开的包装纸，是和梦中情人做爱前脱下的一件件楚楚衣服。”

“这世界不只有眼前的苟且，还有诗和远方。”

“我怕我嘴不严，怕我混得不好成了远房穷亲戚连累你，又怕我没人疼没人爱跟你抱头痛哭。”

“在我的兴趣爱好里，想干什么就干什么。”

“女人永远说我在等你。其实是等来谁算谁。”

“你知道，清华男生是典型的两极分化荤素不均，绝大部分男生的恋爱机会被极少数的坏人消费着，刘军、宋柯那都是极少数，宋柯还曾蝉联了好几届“活佛儿”，就是妇女同志们评选的活儿最好的男同志。他们还有个本事，就是骗过那么多的好姑娘，那帮姑娘竟然没一个说他们坏话的，并且仿佛还他妈留念。”

“想起当年当日，有柔软的心和狰狞的表情，现下，表里正好换了个。还好有这些文字，记录下心如何变得狰狞，表情如何越发平静，人如何变老，变成年轻的自己看见就想死的那副模样。”

“总要有些随风，有些入梦，有些长留在心中，于是有时疯狂有时迷惘有时唱。”

“每个人都站在窗前看这个世界，有些人看见的只是镜子，有些人伸手不见五指。”

“在美国偶尔也碰见操蛋中国人装香蕉逼，假装ABC不会说中文，这点上我继承了痛恨装逼必须雷劈的传统，令其露出左上臂，一颗牛痘表示此货来自大陆。”

“我们这个行业，卖身卖艺卖青春，用欢笑泪水，献爱与自由。从未巧取豪夺，鱼肉乡里，干过什么伤天害理之事。演好了，鞠躬拜票谢观众；演砸了，诚惶诚恐不成眠。顶三五载虚浮名，挣七八吊养老钱。终归零落成泥，随风散去。观众总会有新宠，不复念旧人。看在曾带给大家片刻欢娱，能否值回些人间温暖?”

“你杀气太重，难成盖世英雄。”

“你从前总是很小心，问我借半块橡皮。你也曾无意中说起，喜欢和我在一起。那时候天总是很蓝，日子总过得太慢。你总说毕业遥遥无期转眼就各奔东西。”

一把扇子，一把交椅。一个胖子在给你讲前世今生，他不像其他哗众取宠的人。读万卷书，行万里路。喜欢过不少姑娘。找过一小姑娘结婚了，又离了。

最终你明白了："伤感是一种终身不愈的残疾。"

一个清华园出来的流浪儿，卖艺不卖身。有尊严，有底线。有着一口京味儿的洋范儿。从他能看出北极、古罗马、德国、法国、巴西……

不热衷于金钱，不拒绝名利。

一个普通的男子，一个有魅力的男子。

"这世界不只有眼前的苟且，还有诗和远方。"真TM不知感动了多少少男少女?

可是"所有人都老了，再没人死于心碎"。心疼这个男人，心疼的却恰恰是我们自己。

电影是剂阿司匹林片，我却要毒瘾发作

安妮宝贝的《七月与安生》将改编成电影。我有些害怕。害怕面目全非，害怕伤了安妮。我算是安妮宝贝的铁粉了吧，整整读了六七年。她的文字写得真是好。

电影的编剧是一位美籍华人。

并不细腻的文字很快将我打入地狱。呵，安妮的感觉已经变得异乎寻常了。那抽着烟的女子呢？那忧郁、压抑却明朗的女子呢？

听说主角暂定的桂纶镁。

我笑了，忽然想到我一个发小。她从小天生丽质，但是因为父母的关系，上中学就跟男生同居，堕胎。抽烟，奇装异服。倘若找她来演不是活脱脱的主人公吗？

我是个标准的电影迷，可是只看入心的电影。“我发现自己是如此的激动，以至于不能静静地坐下来思考。我想只有那些重获自由即将踏上新征程的人们才能感受到这种即将揭开未来神秘面纱的激动心情。我希望跨越千山万水握住朋友的手，

我希望太平洋的海水如同梦中的一样蓝，我希望……”

“到今天我还不知道那两个意大利娘们在唱些什么，其实，我也不想知道。有些东西还是留着不说为妙。我想她们该是在唱一些非常美妙动人的故事，美妙得难以言表，美妙得让你心痛。告诉你吧，这些声音直插云霄，飞得比任何一个人敢想的梦还要遥远。就像一些美丽的鸟儿扑扇着翅膀来到我们褐色牢笼，让那些墙壁消失得无影无踪。就在那一刹那，鲨堡监狱的每一个人都感到了自由。”

这是《肖申克的救赎》里一个男人柔软的部分。这是人性最温暖而美好的一面。吕克贝松说：“电影不是灵丹妙药，只是一剂阿司匹林。”

可是在这片人口最多的国家里，我却很难再找到精神的土壤。《平凡的世界》本来是我比较喜欢的一部现代小说。可是拍成电视剧的故事，却用了大量的独白来阐述。拙劣的表达方式让我厌恶和痛恨这种急不可耐的商业贡献。《淑女之家》一个上海的悬疑案却只能用几张年轻的脸庞来堆砌剧情。《活色生香》《锦绣缘》《千金女贼》包括《何以笙箫默》，只靠“僵尸脸”来刷数据。我想问编剧们都去哪儿了？导演们都在想什么？人云亦云的重复真的就是我们观众的需求吗？

好吧，《神雕侠侣》被陈晓、陈妍希毁得我想我的大白。

当年的惊艳呢？当年的荡气回肠呢？当年的“问世间情为何物？只教人生死相许”呢？

不知道这样的追数量还要持续多久？我只是觉得体虚。也仅仅是体虚。今晚，毒瘾要再次发作的节奏。

纵使相逢应不识，尘满面，鬓如霜

——也谈马文，也谈姚，也谈陈

这两天，人们谈论的话题无疑是文章和马伊琍的婚姻，文章和姚笛的恋情，马伊琍和姚笛的立场，文章当下的回应和处境。

无论男女，人们似乎都义愤填膺一边倒地骂文的不忠、姚的恶心。想来真是可笑，我记得鲁迅先生1936年在《立此存照》说过这么一句话："其实，中国人并非没有『自知之明』的，缺点只在有些人安于『自欺』，由此并想『欺人』。比如病人，患有浮肿而讳疾忌医，但愿别人胡涂，误认他为肥胖。"中国现在这样的病人少吗?

我们在骂别人肮脏的时候，自己又是否洁身自好呢?

周迅曾说，李亚鹏满足了我对男人的所有幻想。刘烨曾说，我非谢娜不娶。姚晨曾说，最适合我的人是凌潇肃。文章曾说，我这辈子最骄傲的事情就是我的女人叫马伊俐。

我相信，这些话在当时都是发自内心的。可现在是否还记得初心呢?

姚小姐，是否还记得那束美丽的格桑花？

出于风头浪尖的郝先生，说好的爱情长跑呢？说好的“好男人就是我，我就是曾小贤”呢？

人们说现代社会有三粒毒药，其中一粒便是性自由：以人性为噱头，以性爱为药效，不断释放暧昧与激情的烟幕弹，纵欲成瘾。

现如今娱乐圈里，这样混乱的关系比比皆是，似乎已经泛滥到不可收拾的地步。离婚，婚内出轨，谁与谁又暧昧不清……

人们都在骂文章的负心。为了挽救自我形象，文先生很快声明如下：

时至今日都是我咎由自取，错就是错，与任何人无关。演艺事业的平顺，造就了我狂妄自大、骄傲蛮横的脾气，导致今日岌岌可危的地步，我今天愿意承担一切后果。

其实，我很感谢你们让我跌倒在今天，而不是在我不可一世的将来，我必须重新梳理自己，坦然面对并诚恳道歉！我文章，在生活中写就了一篇大错的文章。我辜负了马伊琍和孩子，辜负了家庭，辜负了丈夫和父亲的称呼，辜负了所有对我寄予期望的人。

对不起，请能接受我发自深心的歉意和愧悔。伊琍和孩子本来可以有一个温暖和美的生活，可这一切被我打破了，我的错误行为不配得到原谅，我造成的伤害也难以弥补，但我想弥补，必须去弥补，这是我今日之后的生活。至于我自己，已咎由自取，愿日后再不负人。

马司令作为当事人，内心的创伤可想而知。可是，既然同为夫妻，马司令写道：爱情容易，婚姻不易，且行且珍惜。

其实，故事到了这儿。姚小姐，你见好就收吧。郝先生也别在那自编自演什么离婚协议了。

倘若姚小姐非要想不通：真爱，在何方？为何挡道的人这么多？那么鲁迅先生的《伤逝》已经告诉你了："这是真的，爱情必须时时更新，生长，创造。我和子君说起这，她也领会地点点头。"

这些不过是这个时代一个小小的写照罢了。汪峰都上头条了，汪峰都向章子怡求婚了，未来还有什么不可能的呢？人呐，且行且珍惜吧！

亲爱的，你或者你身边的人是否正在经历着这样的苟且呢？

想起高晓松说过："人生除了苟且，还有诗和远方。"

结束语：来不及道别的玄机

听夜凉如水，画新月如眉
酿旧梦一杯，饮世事轮回
看九月鹰飞知来者可追
爱与恨都已久违，何不倾城一醉

一本书就这样写完了，竟有些不知所措，好像一场老朋友的道别。

不知道别人的青春是以什么样的符号结束的？

总之，这些名字：莎士比亚、歌德、巴赫，还有张爱玲、鲁迅以及我爱的高晓松、安妮、杜拉斯、王朔……还有很多来不及说的名字。他们一直陪伴我度过一个又一个流离失所的夜晚，一个又一个苍白而绚烂的日光。

我们每个人都有青春，每个青春都有自己不同的解读方式。我一直不太明白，我的青春为何走得如此曲折而痛苦呢？按照“既定”的路线，我应该选择一种走着安稳的、顺从父母意愿的人生道路。

可是，生命真的有着自己无法道破的玄机，一切的不合理似乎总朝着一个方向大步挺进。我不知道前方等待我的是什么。一双无影之手一直拖着我前进，再前进。

于是，年少的我成了作者，成了编剧。

青春期的我谈了不止一次恋爱，可是真的是我们的初衷吗？“愿得一心人，白首不相离。”记得19岁的时候，一个人听着《不是因为寂寞才想你》，独自搭乘20来个小时的火车。那年的冬天格外寒冷，跟着一位熟悉而陌生的男子坐着公交车也觉得满面春风。直到最后他离去，我用眼泪结束了少女时期的我。直到两年前，那已经忘却的人却发来邮件：“最近过得如何？”“我很好。你呢？”“我和原来一样。”

时间如流水，改变的不止是当时的旧模样。

我只是深刻地记得，北方偏北的冬天里白雪皑皑，冰冷异常。一阵风吹过，似乎要划透整个年轻的面庞。我的第一段文字，就是从这里开始的。

不知道为什么当初厌恶的校园，在时隔多年之后都会变得让人怀念。怀恋八号公寓，怀恋我们的食堂，怀恋食堂下的大槐树，怀恋那莽撞而青稚的岁月，怀恋整栋楼的男生为了一个哥们的恋爱合唱一首歌。

毕业后很多年，我来到别的城市。我知道，我的青春要结束了。青春的成长离不开伤害，有爱情，《从此，天涯是路人》连自己都会泪流满面的文字。有友情，当然也有亲情。原谅我们该原谅的人，放下我们该放下的仇恨，因为正是这些刻骨铭心的伤害，才让我学会了珍惜。珍惜我的她，我的他，还有我的他们。

因为你们，我的青春不寒冷；因为你们，我的生命充满了意义。因为明天的明天，有着万人瞩目的苍美。于是，我愿意将这段值得纪念的日子写下。有关信仰，有关爱情，有关友情，有关亲情，有关梦想与生命，有关疼痛，以及有关那些来不及悼念的岁月，那些还没有来得及认识的朋友。

我想生命就像一道没有“真相”的谜团，但有着符合我们心意的玄机。

岁月长，衣衫薄，各位我们来日方长。